「文字」與「圖像」的合璧——略談《愛個痛快》的生活思考

《愛個痛快》委實是一本教人難忘的作品。

我參與了香港藝術發展局的「計劃資助」的審批工作十多載，每次收到的申請人的文稿，不是冷冰冰的光碟，就是厚甸甸的打印紙。從來沒有如病梅那樣，未知申請結果，便早已把文稿付梓成若干「試印本」，手上是實實在在的一本書。如是，可讓評審員知悉作品成書時的模樣，尤其這是「插畫文集」，文字與圖畫的搭配、版面設計，至關重要。常言道「見微知著」，我們看到作者對文藝創作的認真、自信、熱情和誠意。

病梅這本《愛個痛快》最大的特色是以創新的思維把「視覺藝術」和「文字」這兩種媒介結合起來，互為闡發。書中的「圖畫」並非陪襯品，而是和文章一樣，兩者都是「主體」，彷彿在讀者眼眸前，重構一個又一個故事。

《愛個痛快》展示都市人複雜的情感世界。正如作者在〈自序〉說曾向村上春樹「偷師」，由是，我們看到《愛個痛快》怎樣直面人物的內心深處，乃至對都市生活的關切。在〈「訊息」萬變〉中，因為一個遺留在小巴的電話，使「我」和藝術家Carol連繫上，彼此惺惺相惜，Carol向「我」細訴糾纏於華與倫的感情事。這次短短的晤面，觸悟「我」重新思索生活與藝術的真正意義。而〈一個人的節日〉則是一個悽美的故事，講述一個男子，驀然丟下女友「我」，而他一直音訊杳然。主人公「我」困禁在思念和痛苦中，在失去男友的佳節，「我」回憶從前，無法自已。最後是一個「歐亨利式」的結局——「我」在一場交通意外中斃命，而宛如斷線風箏的男友竟自法國歸來，二人死生隔閡，最終男友如何愧恧也無濟於事。這齣悲劇，引證浮生若夢，無可奈何，遺憾之事，無處不在。至於，〈敗犬〉中的「黃小狗」與「我」可以說是互為對照，透視「我」作為女性在愛情關係中面對的諸種困惑，當中或多或少呈現「男尊女卑」的局面，例如「我」期望結婚、盼望男友置業、甚至卑微得祈求介紹「我」給男友的母親認識，可惜全給男友敷衍過去了。「我」躑躅在愛和

怨的掙扎境地，一時迷失津度。

　　另一方面，《愛個痛快》並不著跡於情節的起伏變化，有時平淡反見深意，就如〈「訊息」萬變〉中的我和Carol一見如故，說的是平凡人所面對人生與愛情，就如身邊的你與我，總能引起共鳴。這些作品，作者著意反芻人生，道盡人世間苦樂相參。試看〈糖果大爆發〉，作者述說「手機遊戲」跟「人生」之異同，同樣要目標清晰、也要相識滿天下。相反，人生每每沒有第二次機會、「一分耕耘，一分收穫」也非不悖真理。這篇文章，揭示理想與現實的矛盾，目下世界的殘酷。〈男人「小」丈夫〉就從一樁小事發現丈夫對自己的愛護，讓作者再次思考夫婦相處之道。這兩篇文章，幾近散文筆調，直抒胸臆。

　　前面說過，《愛個痛快》圖文結合，與眾不同。逾半篇幅的圖畫，作者用上濃重的色彩，以敏銳的觸覺構圖，那些超現實的圖畫，莫不帶有十分強烈的個人風格，同時展現作者無比的想象力和高超的藝術造詣。書中出現得最多的也許就是「梅花」，誠如作者所言，她以「梅花」托物言志，寄望追求個性解放，而非唯唯諾諾終此一生。作者因文配畫，巧見匠心。〈小城有夢〉書寫熱愛藝術的阿真，受制於生活上的桎梏，為了供樓養兒，年月遠去，就這樣虛耗了一生的光景。同文的配圖就是一個女子的腦海，滿腦子俱是顏料，下方是一支畫筆，可惜女子眼角掉下淚珠，豈非回應原文？匆匆人生，曾經有夢卻一一消逝，無以復得。〈一個人的節日〉中提到女性在情人節一定要收花為禮，正正誤中商人的圈套，提到「女人是愚昧無知的動物」云云。這裡的配圖是一隻體型龐大的家豬，牠戴著后冠，還塗紅了唇，捧著一束鮮花。此圖尤其震撼，完全呼應和突出了愚不可及的意蘊，誇張得教人留下非常深刻的印象。

　　一直認為，如是跨媒介的作品，端賴藝術家敢於跳出藩籬和成規。此一「突破」，不光要勇氣，還要堅持。病梅的《愛個痛快》肯定是一個很好的嘗試。我們相信，憑其信念，作者必定不會是〈小城有夢〉中的阿真；相反，假以時日，她當會在香港文藝界嶄露頭角，像其筆下色彩斑斕的梅花，大放異彩，好夢正圓。

香港藝術發展局　｜　藝評員　彭智文

愛個痛快

「頭大無腦，腦大生草」，世間男女若不是傻瓜，怎會自討苦吃，愛上對方呢？

自序

無法避免以偏概全的毛病，唯盼跟讀者分享自身與友人的愛情故事。書本開首以女性角度出發，反映初戀的苦澀，無疾而終的結局；接著記述女性尋覓歸宿的渴望，同時揭示出婚姻背後隱藏的危機和包袱，合共十二篇散文、小說，以及十篇隨筆。

在這講求自我的速食年代，十年八載的愛情實屬罕見；若果貪婪地以「至死不渝」的標準量度，大部份都是「快」速、短暫的關係。字裡行間，不難發現求愛者傷痕纍纍，「痛」不堪言。話雖如此，我仍深信毫無保留地付出方可覓得真愛，亦唯有「愛個痛快」才能無悔此生。以上皆是書本名為「愛個痛快」的理由。

藝術之門在我生命敞開，是小一的開學天。色彩繽紛的油粉彩，誘使我對世界傾出美麗的圖像作回應。至於文學的魅力，則在我首次失戀時所察覺。有感對於愛情的無知，開始了閱讀；礙於視覺元素的軟弱無力，我改為依賴直接、深刻的文字宣洩悲痛。此書圖文並茂已窮盡畢生所學，不妥善之處還請多多包涵。

在此感謝曾被我偷師取經的作家如村上春樹，尤其不在人世的，因他們已喪失追究的權利；另一方面，也感謝香港圖書館定期舉辦寫作坊，讓我遇到寫作上的啟蒙老師阿兆。衷心感謝他用心閱讀和批改劣作，且無時無刻給予支持和鼓勵。細微到幫我捉錯別字，大至指引寫作方向，令作品不致於貽笑大方。

在《荷馬史詩》中，繆斯負責賜予創作人靈感，愛過的人，愛過我的人都是我的繆斯。做人須知恩圖報，如聖經中的窮寡婦，我已把一切投入「銀庫」裏，至於滿身的傷痕是獲得靈感所付出的沉重代價。倘若江郎才盡的一天到來，那是我已覓得塵世間的幸福……

註：畫作內容離不開現實的世界，寫實的人物、動物、一花一草等，感謝網絡上曾經慷慨把相片供世人欣賞的你們，有了參考的依據，圖畫才有了基礎。感謝大家成全了此插畫文集，尤其是聖誕樹狀的髮型，愛悉心打扮的豬等相片，充滿想像力！

筆名「病梅」

「梅以曲為美，直則無姿」出自《病梅館記》，意思是梅憑著彎曲的體態獲得讚譽，一旦筆直就失去風姿。文學家龔自珍托物言志，主張人應該追求個性解放和思想變革，而非成為屈曲、唯唯諾諾的奴才，這正好是我一生的想望。

目錄

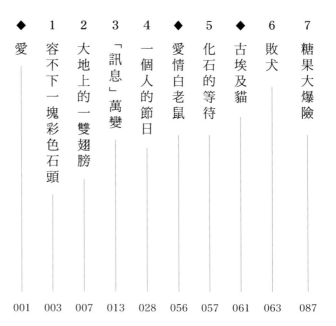

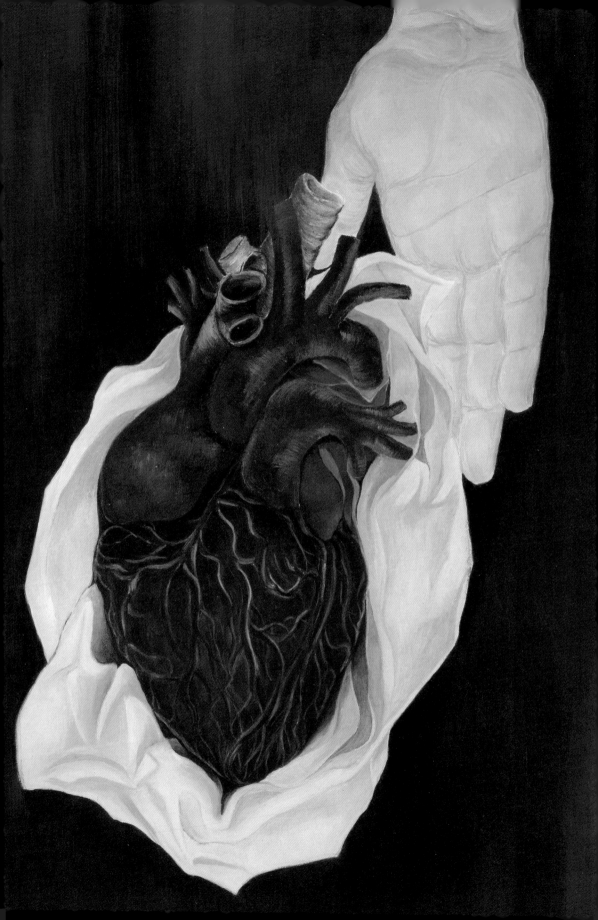

愛

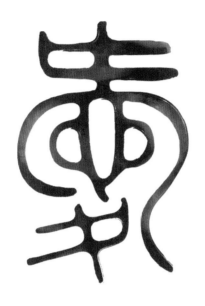

在中國篆書裡，「愛」字的上、下方各伸出一隻手，中間還有一顆由巾包裹著的心，意思是當一方小心翼翼把心意給予另一人，又被接納，愛便產生！只是，情路上不少人中途離場，「愛」亦不復再了。

1 容不下一塊彩色石頭

　　女孩在這座花園度過了十八年無憂無慮的時光。置身花叢間是賞心的樂事，她喜歡萬壽菊[1]，也愛康乃馨[2]。可是，莫名其妙仍感到孤零零，不知如何消磨時間才好⋯⋯

　　一天，女孩發現花園長滿不知名的花。你和我當然知道並不是什麼「彩色石頭」[3]，反之不過是深紅色的玫瑰花而已。與石頭相比，花的重量真的不算什麼，任誰也可輕易將它握在手中。玫瑰花在女孩的認知層面上一片空白，但可肯定她已深深被吸引。她彎下腰，任憑直覺摘下其中一枝。女孩繼續向前走，閉目合眼要把花香嗅個夠。突然間，雙腳踢到硬物，她痛得大呼小叫。心想昨日還不是一塊空地，何以現在多建了一幢房子？她踮起腳尖，從玻璃窗外窺望屋內究竟。沒有任何家具的房屋，幽暗中，隱約可看到一個年紀相若的男孩。只望見其側臉，但看得出個子不高，偏瘦，正以「沉思者」[4]的姿態坐在地上看書，動也不動。機械人，模型飛機，足球之類擺設統統沒有，不難猜想他是愛書之人。

---

[1] 萬壽菊 – 花語是友情。

[2] 康乃馨 – 花語是母親我愛您。

[3] 「彩色石頭」– 「玫瑰」這個詞在《康熙字典》中指的是「彩色石頭」，尤其是紅色石頭。玫瑰長久以來就象徵著美麗和愛情。

[4] 「沉思者」– 奧古斯特・羅丹是20世紀世界聞名的雕塑家。沉思者是他著名的作品：一個正陷入深思的男性，目前存於法國巴黎的羅丹美術館。

來到門前，女孩禮貌地敲門，良久也沒有人出來迎接。她失去耐性，不願枯等。門沒有鎖，好奇心的慫恿下，她輕輕地推開了。陽光隨著她的步伐肆無忌憚地闖入屋內。男孩沒察覺到這微妙的變化，繼續如癡如醉地翻動書頁。她緩步向他走近，伸出右手，手上的玫瑰花正等待著主人的眷顧。撲鼻的花香令男孩不由自主地合起書，放到一旁。他的臉泛起了紅暈，躊躇了好一會兒雙手才接過玫瑰，並微笑以表謝意。

女孩從衣袋中掏出鉛筆，筆在空中揮舞，衍生的直線隨即契合、交錯，一個書架旋即出現眼前。她小心翼翼地把地上堆積的書本擺放上去，男孩的嘴角漾出了笑意，初遇的腼腆一掃而空。

男孩肚子裡的咕嚕咕嚕聲響起——傍晚時分了。女孩再次施展法術，變出了桌子、椅子和美酒佳餚。為營造浪漫氣氛，她還畫出花瓶和洋燭，放到桌上。男孩會意地把手中的玫瑰放進瓶裡，邊吃邊看著她。二人互相凝視了好一段時間，他的眼皮開始垂下來，女孩體貼地給他送上雙人床。她又利用筆桿末的橡皮膠，擦掉男孩身上皺巴巴的襯衣和不合身的牛仔褲，改換上舒適的睡衣。他情不自禁地輕吻了她，然後滿足地在床上昏昏睡去。女孩離開睡床，走到大門旁邊，在洋燭微弱的光線下，更起勁地舞動鉛筆，如表演者在台上翩翩起舞，樂不可支。

男孩從酣睡中驚醒，發現洋燭矮了許多，光也黯淡下來。瓶裡的玫瑰開始凋謝，曾是軟綿綿的花瓣現已乾涸得皺在一起，香氣亦已索然無味。花的體積慢慢縮細，實際上變重了。枝幹無力支撐，花兒墜落在桌面，「咯」一聲，化身為一塊紅色的石頭。男孩環視一圈房間，儘管眼前是看慣的風景，一夜之間多了許多傢具。他皺起眉頭，周圍的侷促令人窒息。他把握不住物體之間的距離，在屋子裏蹣跚地走著，卻不小心推倒只有兩層高的書架，書

本瀉地而下，人隨之失衡跌倒地上。男孩的腦袋彷彿被掏空了，只管癱在地上死盯著四周的家電，梳妝台，嬰兒床……

女孩停了下來，認真地測試他沉默的深度，想為他再畫些什麼。男孩上前制止，正當他扶著嬰兒床站起時，床的四個輪子向後轉動，人再一次跌倒地上。男孩控制不了怒火，衝上前奪去那枝快要磨禿的鉛筆，打開大門，竭力拋出去，像要看到它飛到九霄雲外方肯罷休。女孩一時張口結舌，空氣中傳遞著無聲的話語。

驀地，一陣強風吹過，洋燭的光熄滅了，女孩發抖起來，五臟六腑所有部位都七零八落。沒有選擇的餘地下，她拖著疲憊的身軀和淚水，不捨地走出大門。男孩趕緊把門牢牢關上。二人隔著一扇門的厚度，背對背席地而坐，雙手捂臉。屋子裡回復漆黑，只是門外明媚的春光已一去不返，換上了嚴寒的衣裳。這烙印將永永遠遠打在女孩的心間，而男孩同樣要承受女孩不在身旁時所造成的悵惘……

2 大地上的一雙翅膀

每天，男孩跟成千上萬的女孩擦肩而過，要是視線不慎遇上，對方又流露出失望神情，往後日子將一蹶不振。忘了何時，他開始撐把傘子，與世隔絕⋯⋯

晚間，繁華的大街如舊是雜亂的光景，想留住時間和消磨時間的人相聚一起。男孩屬於後者，在馬路上漫無目的移動著步履。他正從安全島橫過另一條馬路之際，身穿白裙的女孩迎面而來，並徐徐地溜走。突然間，胸口熾熱得像座火山，高溫的岩漿快從地殼爆發，他知道愛情正在敲打心扉。腦海掠過大大小小的疑慮——被拒絕。然而，失落的痛楚也不好受，定會折騰人一輩子。他拋開雨傘，驀然回首，像倒膠卷企圖尋回前一格的影像。女孩有所感應，止住腳步，站在男孩停留過的安全島上，不停東張西望。

男孩好不容易從人群中來到女孩面前，將身上精緻頸飾送她，但對方的目光不知落在哪兒，轉也不轉；男孩打破沉默，開腔表白，話兒輕飄飄，還沒聽進耳際，微風就把它捲走。男孩心急如焚，從口袋裡掏出小刀，向胸口挖了個洞，讓心臟放到女孩手上，暖暖的溫煦傳遞到她體內。離開安全島，女孩以相同的方式把心贈他，此時此刻，路人、車輛一一撤退。身後的機動樂園甦醒過來，五顏六色的燈泡亮起，摩天輪亦開始轉個不停，大家對視微笑，手牽手進場。

「樂園」，顧名思義令人流連忘返。時間以驚人速

度流逝，一晃十個年頭。近日男孩嚴重失眠，遠處傳來鳥兒拍翼聲不准他睡，但女孩聽不到。他牽著她，誓要找到聲音的源頭不可。走著走著，來到樂園出口，女孩惶惶不安，害怕一旦離開無法回頭，但她更不願男孩拂袖而去。

男孩猜測聲音從山頭傳來，所以繼續邁進。來到懸崖峭壁，男孩雀躍萬分，因聲音已清晰可辨。仰望天空的飛鳥，羨慕不已，他不自覺地拍動雙臂，赫然發現左手和女孩的右手被鎖鏈綁在一起。男孩要求她坐下，並將手放到地上，他拾起石頭，發瘋似的猛力打下去，可終告失敗。男孩停了下來，久久不發一言。女孩看不見飛鳥，百思莫解，眼淚奪眶而出，右手更有鮮血滲出。男孩冷冷地取出小刀，命令女孩把心歸還，但她猛力搖頭。男孩不含情感地用刀插入對方的胸口，成功取回心臟後，同時間毫不眷戀地從自己身體取出另一個心還她。女孩臉無表情，拒絕收下，對方乾脆把它丟到地上。

女孩無法接受事實，身體不經意地往後退，從懸崖墮下。男孩的鎖鏈跟著被拉向前，整個人倒臥地上。千鈞一髮之際，他的右手及時抓住身旁的樹幹，二人的性命岌岌可危。女孩在半空中梳理記憶，想起馬路上不期而遇的

片段，相信男孩早已忘個清光。想到這點，鎖鏈自動解開，男孩雙臂長出豐盈的羽毛，以堅定的眼神飛上蔚藍的天空。女孩隨即跌進腳下的萬丈深淵，唯墜落時雙眼依然離不開其背影。

離開小小的樂園，男孩迸出渾身力氣，盼能飛得遠些，誓要將整個世界盡收眼底。在廣闊的視野中，街道上爭吵不休的戀人，互相掌摑耳光的夫婦，以及身旁一對無助的子女，他暗自慶幸逃脫了愛情的宿命。他再次用力拍翼，不屑一顧遠離了這座情慾都市。

短短兩年，疲勞在男孩臉上滲出。雙眼滿佈紅根，臉頰下陷，連喟嘆聲的次數也愈見頻繁。他發現四季的光影跟去年毫無二致，飛行時又搖晃晃，懷疑患上了畏高症。最教人害怕是黑夜的來臨，因為它似乎永沒有終結的時候。一陣冷風吹散男孩湖上孤獨的倒影，羽毛抵擋不了突如其來的寒氣，人不禁傷感起來。這晚他夢見跟女孩分享心跳的日子。

男孩決不要活在黑黝黝的世界，因此回到跟女孩分別的懸崖，惜已不見其蹤影。他改到鬧哄哄的都市踟躕，徹夜玩耍的女孩投懷送抱。本打算把身世和盤托出，或給對方什麼諾言，但女孩用手輕輕掩著他的嘴巴，看著浮在空中的月亮，只想靜靜的睡一覺。男孩牽著她的手進睡，害怕再錯失眼前人。

翌日，女孩動身離開睡床時，弄醒了男孩。他一臉疑惑。女孩解釋昨夜纏綿全是寂寞之過，此刻需要自由。男孩看著這張年輕的臉，似曾相識的畫面，令他想起第一個女孩。

幸運地，男孩很快遇到生命中的第三個女孩。雖沒初戀般動人心魄，但對他萬般遷就實屬難得。他們閃婚，一年後更產下男嬰。男孩跟太太之間的鎖鏈愈來愈粗壯；隨著兒子的誕生，父子之間又繫著一條幼細的鎖鏈，三人剛好互相構成一環。男孩只有一雙手，為了這個家，其他東西再也放不下。

他反覆提醒自己黑夜的可怕，別重蹈覆轍。苦苦掙扎了五年，男孩終於按捺不住內心的不滿。左邊是兒子的啼哭聲，右邊是太太的絮絮不休，糾纏不清的鎖鏈教人動彈不得。他認為徹底喪失了自我。

男孩牽著母子走進廚房，提起菜刀先劈開父子之間的鎖鏈。太太想出手阻止，但不堪一擊的鎖鏈已被斬成兩截。他慚愧地低下頭，太太即取了另一把菜刀，狠狠地劈下去。夫婦花了一日一夜終把關係切斷。母子依偎在一起，男孩則從窗口飛走。他竭力拍動翅膀，希望時間令兒子忘記脆弱的父親，同時治療好太太的創傷。

天空下著毛毛細雨，男孩分不出臉龐上是淚珠，還是雨點。翱翔天際成為他逃避人世間的方法，但寂寞慢慢吞噬他，內疚令他隱隱作痛。他自認是浪子，無法落葉歸根，所以開始模仿第二個女孩。每逢寂寞襲來，便回到大地與其他女孩交換體溫。起初內心有點掙扎，但久而久之也視作平常事。

許多年後，男孩的頭髮逐漸花白，愈來愈少女性願意走近。大地上，他開始嚐到孤寂的滋味，無論霓虹燈如何照耀，也不足以帶走內心的黑暗。一晚，他拍動翅膀飛到半空時，狠狠地跌了下去。從高空俯瞰下，身軀正橫躺在跟第一個女孩初相識的安全島上，滿地盡是散落的羽毛。兩旁的車輛從身邊飛快地駛過，空氣中盪漾著零碎的羽毛，回望其短暫的一生：這是浪子淒美的結局，然而深刻體會了愛情，總算不枉此生……

3

「訊息」萬變

　　手提電話的響鬧功能準時七時半啟動。耳邊傳來舒伯特的「Morning」，一首充滿朝氣的樂曲，只是它跟主人的精神狀態不太相符。我花了半小時，悉心打扮一番才願出門，幸而及時趕上前往又一城的小巴。車上的乘客，不是學生，就是上班一族，大家打著呵欠，無精打采的樣子。唯獨一女子，不理車廂的搖晃，左手翻動著村上春樹的《再襲麵包店》，右手忙著用手機發送短訊，神色略帶憂傷。我沒有心思去揣測他人的生活，只對她身邊的空位虎視眈眈。我迅速坐下，臉貼著車窗玻璃，漸漸進入「昏迷」狀態。

　　從落山道到城市大學，車程約需二十分鐘。閉目養神還不夠五分鐘，就被剛上車面目可憎的男乘客弄醒。

　　「小姐，你的手提電話！」

　　我摸不清事情的來龍去脈，條件反射把座位上的電話拾起；睡眼惺忪的我，不期然打了個長長的呵欠，而他則一言不發坐在身旁。提起手機仔細一看，Sony Ericsson　W810i型號，是我前年用過的舊款式，想是剛才那女人遺下的吧。我熟悉地按下開鎖鍵，但螢光幕漆黑一片；重新開啟電源，可什麼反應也沒有。我乾脆把它放進手袋，待回家後再作打算。

　　提著沉重的步伐走進課室。不知精神欠佳，還是老師言詞乏味，人總覺得昏昏欲睡。好不容易熬過了三個小時，下課後跟隨老師到辦公室。我把連夜趕起的故事大綱、人物表和劇本交給她，而她只花了二十分鐘閱讀。

　　「編劇最容易陷入一種窘境：千人一口，即整篇文

章出自你一人的口吻。別忽略人物不同的年齡、人生觀、處世態度以及獨特的語言。你必須持開放的態度，像小孩般對世上的人和事感到好奇，且有所感應。」她微微一笑，繼續說，「還有，如果對某些課題不熟悉，不妨多請教他人，把別人深刻的故事搬到紙上亦未嘗不可。」

「是的。」我連忙點頭，匆匆離開。

這是什麼鬼學科？我可沒白紙黑字寫明由真實故事改編，為什麼一眼便看穿，認定寫的就是本小姐的愛情故事。再說，什麼叫「不熟悉」？十六歲我已跟男孩接吻、床也上過好幾趟，難道真要用手術刀把他們解剖不成嗎？

完成下午的課，我向學校借了拍攝器材，然後乘坐地鐵前往旺角的銀行中心。下午六時的街道人頭攢動，我一會兒看看隨風搖曳的招牌，一會兒又打量著途人的背影，手上的照相機還是原封不動，拍不出任何相片來。說明書註明該款式的相機設置1220萬像數影像感應器，且具備14Bit影像處理，所以色彩層次理當十分豐富。只可惜，它遇上新手，實在是英雄無用武之地。

漫無目的在街道上轉來轉去已四個小時，雙腳開始作出抗議。右手提著所謂「輕巧型」相機，左手挽著三腳架，狼狽非常。這根本不是弱質女子所能負荷的重量，怪不得攝影師多由男士充當。都怪我愚笨，受電視廣告迷

惑，立志成為攝影師。不是嗎？廣告總愛把攝影師的形象徹底美化，銳利的眼神，加上富型格的姿態，還說什麼捕捉動人的一刻，全都是騙人的口號。我滴水不沾，忍了大半天，就是怕要上洗手間。攝影師未當上，恐怕已患有尿道炎。天色已晚，還是不要滿肚子牢騷，打道回府算了。此時，褲袋裡的手提電話響起。天呀！我可不是千手觀音，遇上緊急事情或意外打九九九求助吧！

看更伯伯見我深夜歸來，主動拉開大廈鐵閘。本應跟他寒暄一番，無奈連丁點氣力都沒有，他見這張臉，想必也自討無趣，乖乖地回到工作崗位。自從今年上了大學，入讀創意媒體系，總覺得時間不夠花，學業成績方面又毫無把握，相信是選錯了學系。升降機未到，我瞄信箱一眼，裡面空空如也。自從電子郵件普及化，朋友和情人已不再給我寫蝸牛郵件，看來已沒信件值得期待了。

跨進家門，把攝影機和腳架放到桌上，感覺置身於太空，進入無重狀態。當視線碰上梳化，我又像戰場上被子彈擊下的士兵，相信不及三分鐘，便睡得死死的。褲袋內的手機顫動起來，信件收不到，卻有短訊等待我閱讀。科技把時空壓縮了，一切發生得這樣快，又咄咄逼人。看著中英夾雜、充斥著表情符號的短訊，委實提不起勁回覆。開學時，已錯把電話號碼贈送此人，糾纏下去，珍貴的時間便會白白溜走。我旋即把手提關掉，洗澡去。

今晚是枉過的，然而，前面還有排山倒海的功課衝著而來，實在不得怠慢。房間髒得一塌糊塗，幸好搬了出來獨個兒生活，不然母親又嘮叨不絮，給我訓話。星期六沒有課，我打算掀起被便睡。但那張憂傷的臉龐在腦海掠過，我一副垂死掙扎的樣子，起了床，把相同牌子的充電器接駁到那女人的手機上。在夢中，我拼命地寫作，且沒完沒了的樣子……

生理時鐘亂了，未到凌晨五時，人便睜眼醒來。我像被下了咒的睡美人，不，還是四肢癱瘓的病人來得貼切，雙腳奇蹟地下了床。電話已充滿電，我把它重新開啟，畫面顯示出有趣的文字，

「信息等候中，太多訊息，從任何文件夾中刪除一些信息。現在刪除？」

機主發瘋地用朋友的手機寄信息來，希望我物歸原主嗎？為了看最新的訊息，我打算將她最早之前收到的訊息刪除。映入眼簾的信息由「華」寄出，日期是2006年9月7日，上午7時13分，內容如下，

「我是惰性氣體，一種沒有活性的氣體，極不容易與其它元素產生作用。無論發生什麼事，我都沒太大的喜怒哀樂，希望你願意跟這悶蛋交朋友。」

第二個訊息同樣是由華寄出，日期是2007年2月16日，下午1時46分，內容如下，

「九型人格中，我屬於愛和平型，我猜你是愛給予型，即喜歡被人需要。情人從你身上得到快樂就會為此感到無比幸福。對嗎？」

第三個訊息再一次由華寄出，日期是2007年8月21日，晚上11時50分。

「明天是你的生日。送你這本影集，因為我深信不久將來你會成為香港藝壇的一份子。不要懷疑自己的能力，樂意成為你的贊助人、收藏家甚或是搬運苦力。」

機主原來是藝術家，華若不是丈夫想必是男朋友，但那張憂鬱的臉如何解釋呢？我百思不得其解。訊息橫跨兩年之久，想必是機主刻意保留下來，我用紙和筆把短訊的內容抄下，之後才從收件箱中刪除。她會責怪我嗎？但不刪去，如何聯絡？說到底，她還要感激我這位大恩人！

手機螢幕立即提示收到三個新的訊息。首個只顯示電話號碼，沒有姓名；隨後的訊息則分別由華和「倫」寄來。收件時間分別是早上8:08、8:45

和9:12。我猜想是機主昨天發現遺失電話後，吩咐華寄來的短訊，我連忙打開它：

「星期六我會到金魚街買隻漂亮的貝殼給女兒的寄居蟹。我想說：你不是寄居蟹，沉重的貝殼不會為你招來新的伴侶，相反只會拖慢人生的步伐。忘記過去，今天是新的開始！」

之前的訊息情意綿綿，相隔不足年半，一切已事過境遷。他們分了手，離了婚嗎？抑或，機主只是無名無份的情婦？我不好意思再往下看。我打開她手機的電話簿，搜尋其他聯絡方法。其中一個電話號碼的標題是「家」，問題已找到解決方法。我和機主居住在同一城市，但我很清楚存在的「時差」，畢竟她還在睡夢中，不宜打擾。12月1日是世界愛滋病日，然而昨天是12月5日，究竟是什麼特別日子呢？為了得知機主不開心的理由，我還是按捺不住偷看了她在小巴上寄出的郵件。

「你的愛人縱使從這塊土地上失去蹤影，也不會對社會的趨勢造成任何影響。地球照樣單調地旋轉，奧巴馬照樣發表不大可能兌現的聲明，你照樣打著呵欠去學校上班，你的學生照樣準備應付考試……」[1]

---

[1] 象的失蹤 – 出自村上春樹的《再襲麵包店》。原文為：「一頭年老的象和一個年老的飼養員縱使從這塊土地上失去蹤影，也不會對社會的趨勢造成任何影響。地球照樣單調地旋轉，政治家照樣發表不大可能兌現的聲明，人們照樣打著呵欠去公司上班，孩子們照樣準備應付考試……」

收件者的電話號碼正是機主收件箱所顯示的號碼。她寄短訊給自己？原來收件箱可以是日記簿。藝術家果真有趣！

下午三時，致電到機主的家，從聲線我聽得出Carol感到意外，是失而復得的心情。不知她性急，還是沒有手提電話的日子真不太方便，她約我晚上六時在又一城的溜冰場相見，並說要請我吃晚餐。

「把別人深刻的故事搬到紙上亦未嘗不可。」

老師的說話終日回聲似的在腦海裡盤旋，我爽快地答應了請求，赴約去。

Carol早已抵達溜冰場，雙手插在大衣口袋裡。我手上拿著她的手提電話，一眼被認出，她輕輕地啟齒，

「本以為手機落在貪心人手上，想不到你卻交還我。十分感謝！」

我走到她面前，仔細審視她的臉，三十多歲的平凡女人。

「舉手之勞。我跟你是同類人，老是不小心把手機弄丟。」

「這倒是我頭一遭遺失，想是精神有點恍惚吧！要是失去它，可真煩透，你也明白很多珍貴資料一旦失去，便無法補救。」

遺失電話實在是好藉口，可叫父母買新款的！這不宜說出口，我小心用語，

「是的！手機裡有心愛的歌曲、合照、親朋好友的電話號碼，還有短訊，損失可慘重呢！」

「現代人只要手上有部手提電話或相機，便隨意按下快門，簡直是患上了水仙花自戀症。Narcissus被自己水中的倒影迷倒，現代人看著自己的照片卻如癡如醉。」

藝術家果真有點憤世嫉俗，我唯有附和說，

「是的。」

她在我身邊移動步履，指著我看溜冰場上正要留下倩影的一對男女。

「不如找間餐廳坐下吧！」

我點點頭，把手機交還她。我留了距離，跟在後面，看著她散亂的頭髮，不修邊幅的打扮，腦海在推敲這藝術家的愛情故事。如何開口才可以引她把感情事一五一十告訴我呢？

她突然回頭，

「我有新訊息，你介意我先看看嗎？」

我微笑，並向她簡略解釋刪除其訊息的原因。沒想到她不以為然，

「我只是不折不扣的平凡人，恰如商場上的人們。過氣的瓊瑤，沒有深度的張小嫻，她們的小說比起我的愛情故事可有趣得多。希望沒把你嚇壞便是。」

我用力搖頭，把之前抄下的紙條遞給她。接過後，她就轉身，沉沒在短訊世界裡。想起中學同學向我推薦張小嫻，說有助寫作一事。或者，所謂懷才不遇的藝術家都是一張嘴巴之過。

時間緩緩地流逝，我們在「皇府」坐下，各自點了喜歡的食物。Carol為人無拘無束，但我還是捕捉不了說話的節奏。她先打開話匣子，

「你雙眼滿佈紅筋，睡得不好嗎？」

「跟男朋友吵架，想是哭得太傷心吧！」我隨意編了個謊話。

「感情就是這樣一回事。」她有所感觸地說。

她想追問下去似的，我唯有引開話題，

「你也有感情煩惱嗎？我見你在小巴上，心事重重的樣子。」

她擠出牽強的笑容。

「對不起，我倒像問得太多了。」我試探著。

「沒有值得隱瞞的事情，我向來知無不言，言無不盡。只是說來話長，怕浪費你寶貴時間。」

「反正我百無聊賴，就讓我們把臭男人罵過痛快吧！」這是我今晚所說的第二個大話。

「昨天是倫跟我分手的日子。她已經離開了我兩年。」她遲疑了片刻，「你說什麼男人？」然後忍不住抱腹大笑，「都怪她們改錯了名字。」

我揚臉牢牢地盯著她，等待確定。

「我們是同性戀。」她坦率地說。

「同性戀。」我像鸚鵡學舌。

女侍應小心翼翼地把茶放在桌上，看了我一眼便轉身離去。我反應過敏，吞了口唾液，裝作平靜繼續喝茶。Carol也慢慢悠悠地喝了口，

「我們都是普通人，需要愛和被愛。」

她說得乾脆，我心裡卻充滿疑問。倫是真命「天子」，那華應扮演什麼角色呢？華是同性戀嗎？哪又何來女兒？我裝作漫不經心，

「華該是無懈可擊的情人，為什麼不走在一起呢？」

她沉默了片刻，然後吐出話來，

「她年紀比我大十年，結了婚，且育有五歲大的女兒。實在不是童話故事應有的情節。自女兒出世不久，丈夫便有了外遇。然而孩子的緣故，堅決不離婚，這就是華的人生。」

說起感情事，Carol整個人軟弱下來。

我聽得入神，卻心煩起來。

「世上還有這樣迂腐守舊的人嗎？離婚一定對孩子產生負面影響嗎？史提芬・史匹堡不是因為父母離異而豐富了他的電影嗎？」我有點失控。

「華是父母的掌上明珠，她不忍傷害雙親的心，而且也決意為女兒樹立榜樣。再者，她是虔誠的基督徒，宗教世界根本容不下我。自耶穌被釘上十字架後，很多人也跟隨祂挑上無形的十字架。」

「但你喜歡她嗎？」我一副難以置信的樣子。霎時間，我發現自己的嘴巴跟Carol沒有兩樣。

「我一直琢磨這個問題。輸給華的家人，我心甘情願，可是被虛構的神比下去，說服不了自己。」

「那何必糾纏不休，抽身離場便是。」我感到惱火。

「我跟華是情場上的殘兵敗將，是互相依賴的關係。在她空白的感情世界裡，我是杯子，讓她把抑壓的愛全傾注在我身上。」她合上嘴一會，「我深愛倫，愛得死去活來，華卻讓我嚐到被愛的滋味，我是貪婪的人。」

「人之常情，若是我也捨不得放手。」我羨慕地說。「倫比華更好嗎？」

女侍應把走骨海南雞飯、皮蛋瘦肉粥和時菜送來。Carol拿起筷子，卻沒有把雞塊放進口裡。她笑了笑，

　　「倫風趣幽默，聰明又感性。」

　　我頻頻點頭，鼓勵她往下說。

　　「我們是初戀情人，自她出現後，我便不再懷疑自己，她讓我肯定了自身的獨特性和價值觀。」

　　「仍有聯絡嗎？戀了多少個年頭？」我緊張地發問。

　　「倫偶然會給我發短訊，那天的短訊就是她向我道歉而寫的。相戀十年，然後一天，她說大家不能再走下去了。但至今，倫仍是單身，喜歡的人只有我。」Carol知足地說。

　　「什麼可以把你們分開？」我一臉疑惑。

　　「相戀和共同生活是不同的。自從倫有了物業，我們一起生活後，問題便原形畢露。」她把飯放進口中，「華正是差不多這個時候出現，她借了本有關九型人格的書給我。」

　　我吞了口粥，但仍看著她。

　　「有時候真諷刺，無論你多深愛對方，仍無法把問題看穿。知識卻有神奇的力量，可以解答世上一切的疑問。倫屬於第五型愛知識，即不怕孤獨，反而害怕失去私人空間。她不可與我日夜相對，需要喘息的空間，而我剛巧

相反。像書中所說，我是愛給予型，即佔有慾強，常想佔有別人生命中不可取代的位置。這就是我們的絆腳石。」

她咬了咬嘴唇，「都是邱彼特的惡作劇。」

「既然知道問題所在，解決不了嗎？」我脫口而出。

「一言蔽之，正中大家的要害。就像兩隻刺蝟，一旦擁抱只會流血不止。」

在若明若暗的燈光中，我看見她眼有淚光，

「分手好了。找個新男友，不，找個新的女朋友不是難事。」

她雙手摀面，一會又把手放開，

「我只喜歡她。我甚少跟人談感情事，就是怕大家給我理性答案。我說辦不到，大家便搬出大條道理說我無藥可救。」她帶點激動，繼續說下去，

「朋友好言相勸，叫我去旅行，把不快事忘記。這是失戀的指定動作嗎？正如愛侶為營造浪漫氣氛，就得去沙灘、送玫瑰花嗎？全球已經一體化，每個城市、國家不是同一個樣子嗎？你看澳門跟威尼斯有何差別？」

「朋友都是為你好。」我想每個藝術家或多或少都有點偏激，不過她所說的又不無道理。「你還有藝術，不是嗎？忘掉傷痛，專心創作便是。」

「沒有藝術，我早已死掉。只是從事藝術是條漫長又孤獨的道路，很難孤身作戰。」

「全然不明白。」我看看四周，人客比剛抵達時少了一半有多，食物亦剩下少許的份量。

「自倫離開，我的觸覺便敏銳起來，作品的感染力也隨之增加。今年，有畫廊購買了我數系列的照片，還為我舉辦了攝影展。這都是意想不到的收穫，可真樂透。」她得意地說，之後神色又消沉下來，「然而得到後，一切又像是理所當然的事，沒什麼大不了。藝術上的成功不足以彌補情感上

的虛空，我仍像一幅不完整的砌圖。你走進圖書館看看，出色的藝術家成千上萬。在歷史的洪流裡，我們只是滄海一粟，什麼也留不下來。即使流芳百世，那又如何？受人愛戴是藝術品非藝術家本人。」

藝術我不擅長，搜腸刮肚，也不知如何反應。

「容許我再費點唇舌解釋。最重要的是我發現了藝術可畏的一面，它像要吸光藝術家的血和淚，要人藉著痛楚去創作。我怕藝術治療不了，反而帶我走上不歸路。」

「像是麥田上開槍自殺的梵谷？」我想起小學美術老師說過的話。

「他自殺的理由是懷才不遇，生活潦倒所致，跟我想說的有點不同。你認識攝影師黛安•阿布斯？」

「不會。」我有點尷尬。

「黛安•阿布斯是美國著名的女攝影師，在富裕的家庭長大，但不真實的感覺一直纏繞著她。在紐約，她發現了許多被社會遺棄和冷落的人，他們激發起她的創作意欲。然而，攝影無法讓她揮去這不真實的感覺。最終，阿布斯在48歲割腕自殺了。」

我目瞪口呆，說不出話來。

「或許，我無法把阿布斯的死因與攝影直接扯上關係。但在我深心處，的確感受到藝術潛在的危險。它總是引領你到更陰暗，更消沉的世界去。」

剛才端食物來的女侍應又出現面前，

「小姐，請問還要點菜嗎？店子快要打烊了。」

看看手上的腕錶，已經十時半。我向侍應搖頭，繼續未完的話題，

「或許你言之有理，但原諒我的年輕，以及對藝術的一無所知，很多話我尚未能掌握。」

她一面不好意思的樣子，

「都是教書的職業病所致，還多得你願意細心傾聽。」

「不是客套話。你對我乏味的生命產生了影響，是好是壞，我不肯定，但跟你談天確是愉快。」我一臉正經地說。

她有點錯愕，笑了。然後從背包取出舊款式笨重的單鏡反光機，把我吃剩的生菜用筷子翻來翻去，並拍了三張照片。

「形狀很美。」Carol滿意地說。

「你每天都帶著這部相機？」

「正如劍客刀不離手！」

Carol結完帳，正打算分道揚鑣之際，我提出了愚蠢的問題。

「要是感情有新進展或結果，可告知我嗎？」

「我可不是一本小說或一套電影，不必為你提供意料不到的結局吧！喜歡什麼情節任由你擺佈，不用問我。再就是，只有人死了故事才結束。情侶走在一起或分開只是另一章節的開始。可別要跟一般人陳腔濫調。」

「是的。原諒我的失言。要一起乘小巴嗎？」

最後，在小巴上我跟Carol交換了電話號碼。狡點的我還約她明天一起去拍照，而她也答應了。我望著她那張不再年輕的臉，心裡不禁泛起一個疑問：Carol應該有怎樣的下場？我向來討厭大團圓結局，喜劇式的收場只會使

讀者遺忘，但要給Carol殘忍的結局又於心不忍。現實生活的她堅強不起來，那就留待小說的世界裡吧！我為她而寫的故事，結局應是這樣：

一天，這位藝術家不再戀棧於由華築建的避難所，她決意改在藝術無邊無際的天地裡馳騁，把她的愛還有生命全都灌注下去。因為生命是如此的脆弱，愛情又是何等的飄忽不定，唯一可以緊緊地被她握在手中就只有藝術。

Carol和我沉默不語，各有所想。「藝術」究竟有何懾人的魅力，可向我呈現怎樣的世界呢？經她今晚一說，我對藝術的好感反而有增無減。我先行下車，向Carol揮手道別。天空下起雨來，寂寞的感覺向我襲來，手機突然顫了一下，又是那個傻男孩發短訊來。我回了短訊，簡單告訴他這邊的天氣。

「天空下起綿綿細雨，寂靜的街道一片陰沉。」

也許這就是我們愛情故事的開首句子……

4 一個人的節日

中秋節

中秋節（農曆八月十五日）是人月兩團圓的日子，節日的特色是吃月餅和賞月。

乾淨俐落的刀法將冰皮月餅一分為二，沒有「八月十五殺韃子」的紙條，手提電話卻傳來一則匪夷所思的短訊。男友揚言要推翻我的統治，從今以後離開我的領土，還有我的世界……

今晚確是起兵造反的好時機。窗外掛著皎潔的月亮，手上的月餅盒印著清晰的保質期，我心裡面暗自起誓：若對方不在食用期內負荊請罪，二人的感情便沒有進退迴旋的餘地！

不過三十分鐘的時間，我已被搞得緊張兮兮、血脈賁張，誰是情場上的殘兵敗將，勝負顯而易見。我努力說服自己，男友天生哲學家那副德性，愛鑽牛角尖，但念在七年的感情份上，願為他打一次圓場。苦等了四十三秒，四十三秒緊接著另一個漫長的四十三秒；頃刻，我忘了所有甜言蜜語，嘴巴冒出來的反而是堆髒話。它們順理成章錄進他的留言信箱，只是那塊頑石，依舊激不出任何聲響來。

一千八百秒又過去，我決定向命運低頭，改用懷柔政策，把嘆喟聲和哭泣聲一併放進男友的「遺」言信箱，因電話這端的我急死了！

030

平安夜

平安夜（12月24日），很多教徒參與子夜彌撒或聚會，以迎接聖誕日的來臨。

男友猶如泥牛入海，至今杳無音訊，表面若無其事的我暗藏一顆忐忑不安的心。

一如往年，熟悉的街道聚集了三五成群的信徒；他們打扮成純潔的天使，興高采烈地向途人報佳音，時而歡呼，時而拍手。滿身酒氣的我，打算向他們打聽男友的下落，沉睡多時的手提電話突然響起。

「別擔心，兒子早有悔意，今晚我會親自出馬勸解他。我已認定你是媳婦，知道嗎？」

男友父親個子不高，略為肥胖，還留有白色鬍子，實在是扮演聖誕老人的合適人選。甚麼尺寸的聖誕襪才能載著一米七三的男友呢？我不禁笑了出來。早陣子他投訴過便宜的長襪鬆鬆垮垮，襪口容易鬆脫，還有幾分清醒的我走進熙熙攘攘的百貨公司，好不容易在間專門店選購了兩對黑色長襪。回家後，我急不及待用精美的花紙把禮物包好，旋即進入夢鄉。今晚，終可「平安」度過……

聖誕節

聖誕節(12月25日)是紀念耶穌誕生的日子，慶祝活動五花八門，如寄聖誕卡和送禮物。

由於連夜失眠，日上三竿，我仍在單人牀上做美夢。男友父親再次來電：

「都怪我管教無方，你乾脆把那『衰仔』忘掉，別再浪費青春！我真對不起你，對不起你……」

半醒半睡下，我聽得一頭霧水。不捨地掛了線，本想痛快地大哭一場，但想到客廳中的父母，被單下蜷縮著身體的我只能抽抽噎噎的，讓兩道小河流到枕頭上。

下了床，換上厚厚的外套，人依然感到寒風刺骨。聖誕節早已變成另一個情人節，眼前的尖沙咀海旁，四處都是形影不離的戀人，只有我拖著寂寞的影子，成了無枝可棲的青鳥。報告指出，聖誕期間單身的港人容易患上情緒病，甚至為情自殺，為免觸景傷情，我還是打道回府。回家前，我走到男友的住所大堂，勉強地把一對襪子塞進信箱，然後通緝犯般閃閃縮縮地溜走。想是怕被對方看見如此不爭氣的自己吧！

節禮日

節禮日（12月26日），傳統上僱主會送禮物給僱員，但港人普遍將它誤解成「拆禮物日」。

我足不出戶，猶如睡鼠閉目冬眠，只是心沒有停止過悲鳴。晚上十一時，我終按捺不住，穿著睡衣乘升降機到大廈的大堂，為的是看看信箱可有信件或禮物。我察覺到看更正以取笑的眼神打量著我。是的，就連小學生也明白郵差假日不派信的道理，唯獨我不肯承認。說不定男友根本沒有打開信箱，看不見送他的禮物；縱然禮物能順利送到手上，小小的襪子又能讓人回心轉意嗎？

心如死灰的我返回房間，從抽屜中取出男友去年送的聖誕禮物——圓柱形、受熱後會自動旋轉的蠟燭台。我點燃了蠟燭，看著它投射在牆上轉動不停的美麗圖案，想起男友給我說過的神話故事。難道圖案中的小天使是邱比特？是祂把鉛箭射進男友的心，令他對我產生憎惡嗎？

幽暗中，我拆開禮物的花紙，把另一對送不出的襪子穿到雙腳上。蠟燭和襪子的確可以讓人暖點，可是這個晚上，我的身軀仍是冰冷難耐。我不明白，曾到達沸點的愛情，一下子為甚麼無緣無故冷卻下來？

除夕

除夕（12月31日）又稱歲除，喻意是舊歲過去，新的一年即將來臨。

除夕夜很多國家舉行倒數儀式，我提不起精神，繼續陷入憂鬱狀態。一雙紅腫的眼睛看著電視螢光幕，置身其他國家的人民卻情緒高漲、熱切期待倒數的時刻。我不禁啞然失笑，失魂喪魄的日子也可以倒數嗎？新聞過後，八時半明珠台播放《香港大事回顧》，受到感染，我展開回憶的翅膀。

去年今日，我倆曾在銅鑼灣戲院看午夜場，臨近十二時，人聲嘈雜的時代廣場傳來倒數聲。看戲時向來目不轉睛的他，居然把視線離開銀幕，輕輕地親我臉。中秋前，大家還不是如膠似漆去看樓盤，說好了一起生活嗎？

這刻我明白了：無論昔日如何溫馨纏綿，一切均會成為過去，變為歷史，教人遺忘。而我亦將化為他的歷史和回憶，且僅僅一小部份而已……

母難日

佛教中，子女的生日（1月30日）稱為「母難日」，為的是紀念母親產子所承受的痛楚，以及歌頌母愛的偉大。

今天是男友的生日。他母親去年因腎病逝世，兒子已不能再叫她操心，現在卻狠心地把女友折騰得死去活來。兩個原是世上最疼愛他的人，因為「愛」這字，甘願為他吃盡苦頭。

我跟自己激烈地交戰，應厚著臉皮找男友慶祝生日嗎？但所犯何罪，錯不在我。男友自小性格孤僻，考入大學後只管藏身於圖書館看書，可謂與世隔絕。打從相戀後，每年均會購買個小蛋糕，讓他一口氣吹熄所有蠟燭。他承諾過往後的生日都要一起慶祝，直至有天不能吹熄它們為止。我甜絲絲地笑著，男友卻說我傻笨，二十多歲了，很快便無法吹熄那有增無減的蠟燭。我撒嬌說：

「市面上有零至九的數字形狀蠟燭，就算你百歲長壽，不過是吹熄三支，你永遠逃不出我的五指山。」

回憶總是突襲而來，想到這兒，我發瘋地跑到超市。買了數盒蠟燭回家，趁父母回鄉探親期間，在大廳的飯桌上偷偷地燃點起二十九支……

情人節

戰爭爆發，羅馬帝國皇帝強迫全國男子從軍，華倫泰神父卻繼續為戀人秘密舉行婚禮。二七三年神父在牢獄中死去，他的死忌（2月14日）被定為「情人節」。

情人節本應為男友準備巧克力，以表愛意，但我沒有。心早已充滿怨恨，況且，他也沒給我送花，逗我開心。走在大街上，手上沒有一枝、半枝玫瑰，彷彿自動被標籤為「沒有人要的女人」。看見女士們捧著鮮花招搖過市，不可一世的樣子，今天不得不承認——女人是愚昧無知的動物，中了商人的圈套也懵然不知。

一年十二個月均有不同的情人節，我決定今日提早慶祝四月十四日黑色情人節。我穿上黑色的連身裙，黑色的高跟鞋，並在鬧市中的星巴克點了一杯黑咖啡。友人問我今晚是否去殯儀館，正想開腔解釋時，她的手提電話彷如嬰孩，突然嚎啕大哭。掛線後，分手才一個月的她跟推門而入的新歡激烈地親吻。接過一大束俗不可耐的紅玫瑰後，友人道歉說自己全不知情，本想再過一段日子才告訴我新戀情，想不到對方提早前來送她驚喜。二人匆匆尷尬離去，丟下一個我。看著玻璃窗外成雙成對的風景，我不放糖也不落奶精，光喝著這杯黑咖啡，慢慢淺嚐沒有愛情的苦澀人生。

女兒節

日本明治維新後，西曆三月三日被定為「女兒節」。家庭成員習慣聚首一堂，為家中的女孩送上祝福。

我是個戀愛大過天的女孩，自十九歲開始拍拖後，每年的生日都不曾在家慶祝。今天是一年一度的生日，為免家人起疑，下班後悉心打扮至晚上七時才踏出家門，到旺角逛商場。本想買件娃娃裙送自己，想到男友說過這種裝扮像孕婦、不好看，即迅速放回原位。雙腳不自覺走到男裝部，今季推出的恤衫很適合他，但我們有破鏡重圓的一天嗎？下個男朋友是胖是瘦，是高是矮，可真毫無頭緒。抑或固執的我，只會反覆咀嚼著回憶，渡過餘生？

人疲倦，走進甜品屋點了塊芝士蛋糕，心裡面為自己獻上生日歌，並許了個願，不多也不少。一如以往，十一時半回到家，父母已熟睡，但桌子上放了隻熟雞蛋。我捨不得把它敲碎，因這是今年唯一的禮物。夜深時分，我還是取出顏料，聚精會神地把蛋殼染成色彩斑斕的碎片，待明日風乾後，便可收進玻璃樽內。母親被弄醒，看到桌上的碎片，甚麼話也沒說，只是會心微笑。自今天起，她眼中的小女兒已有資格晉身「中女」、「剩女」等行列，鏡中的我茫然若失，已不敢斷定愛與恨之間，何者居多？

陶器婚

據說德國人結婚周年（3月31日）的多寡決定了夫婦之間收到的禮物，時間愈長雙方送贈的禮物愈貴重。

熱戀中的未婚男士，愛以「老婆仔」稱呼女友。今天是我和男友相戀的第八個年頭，倘若夫婦的話，可稱之謂「陶器婚」，意思是「陶器雖美，仍可打破」。八周年的夫婦可選擇的禮物包括陶器、瓷器、玻璃、水晶、牛、水和牧草。我唸藝術的，所以特意造了對精緻的陶瓷杯，希望他明白箇中的用意。

世伯很疼我，所以可隨時摸上門來。晚上十時，按了門鐘後，世伯給我開門，但臉有錯愕神色。坐在沙發上的我，隱約看見雜亂無章的茶几上放了疊喜帖，血紅的信封寫上了親朋戚友的名字。

「世伯，誰結婚了？」我隨意問問。

「我二女……」

世伯隨即把那堆喜帖搬回房間，看見我手上的禮物，又連忙說：

「兒子留下紙條，說向公司取了年假，到歐洲旅行，不知何時才返港。倒不如把禮物留下，時間不早，我送你到小巴站吧！」

「不用了！」我冷冷地回答，放下禮物，同時放下和好如初的決心，用力把大門關上。

「你是個好女孩，希望有天能原諒我的不肖子……」

我轉身離去，頭也沒回，讓他的話留在空氣中。

我乘坐升降機離開，淚下如雨，實在是傷心到無以復加的地步。走到男友家附近的公園，落寞地坐著，任由時間一點一滴流逝。小小的公園，位於兩條大馬路之間，呈三角形狀，故被名為三角公園。

八年前的今日，男友就在此地屈膝求我成為其女友，並承諾跟我相愛一輩子。「三角」二字，是否早已給了我最大的提示？男友常說我神經過敏，但由此看來我只是後知後覺，一直被蒙在鼓裡。說不定，男友已跟新歡越洋過海，暢遊歐洲；又說不定，那堆囍帖屬於他們，二人正度蜜月去……

愚人節，人們喜愛開玩笑，戲弄身邊的朋友，直至上當者被告知是謊言時，才真相大白。

我坐在死寂一片的公園裡，沒有離去。過了十二點，已是四月一日了，我自嘲是可憐的「四月魚」和「四月布穀鳥」。如果可以的話，我情願相信一切都是男友的惡作劇而不是事實，但它不是今天才發生，再者這種玩笑是開不得的。

即使以上的推測全是胡思亂想，我必須結束這無休止、吞噬人的等待！

沒有絲毫的畏懼，我伸直腰、昂首闊步地離開公園。看著馬路上飛馳的「亡命小巴」，絕對有超速之嫌。撥出倒背如流的電話號碼，這次可真是我的遺言：

「為什麼離我而去？」

就在紅色交通燈號還未轉綠時，我義無反顧地衝了出馬路。一輛通宵小巴來不及煞掣，男友那方的手機平靜地把人和車的碰撞聲清晰地紀錄下來。這是我有生以來首次也是最後一次戲弄人，相信小巴司機忘不了血肉橫飛的一幕，同時也忘不了今年的愚人節。

清明節

清明節(4月5日)是紀念先人的日子，掃墓則是子孫慎終追遠的表現。

這隻斷了線的風箏，向來沉默寡言，一年後在墓前給我說了叔本華的寓言故事：

「『寒冬，一群刺蝟為了取暖圍在一起。距離太近會刺傷對方，那只好散開；當身體再度冷得發抖，唯有又挨近。這過程循環數次後，大家終找到理想的距離，既不太冷又不會刺痛彼此。』但我，找不到那距離……我害怕這生跟你糾纏不清，綿綿情話中永伴隨着爭吵之聲，在既愛又恨下，長相廝守。」

眼前人所說的熟真熟假，我無從得知亦沒法理解——天下間哪有男女不是鬥牙鬥齒，起居相依？我只能沉默地回應，無聲地接受一切。

「我是可悲的人，嚮往孤獨，同時害怕寂寞。花了半年多光陰，想証實單身也可自在過活，獨個兒面對人生種種。可是分開的日子，過的只是淡然無味的生活。機械式上班、下班，即使假日，也是一人待在新屋中看書，或睡到天昏地暗去瞞騙自己。

你離開那晚，父親聞訊中風，進了醫院。愚人節我從法國返港，原來自己並非想像般堅強，

心靈始終跟小孩一樣脆弱。看著你送我的杯子，才得悉這世間已沒有人和我分甘同味，往後將要像無根之草，茫然飄浮。

失去你，命運彷彿把我僅有的夢想都奪走。現在終看清，昔日自己是個怎樣的人？是妳給我自信，幸福。我確是愚不可及，把到手的幸福隨手扔掉。我不知怎樣道歉賠罪，當然，一切也是枉然。」

一束變幻莫測的繡球花在墓前怒放。男友知我最怕獨個兒度過鬧哄哄的節日，他承諾每年的三月三日和三十一日前來陪伴我。因這是他生命中最重要和最美麗的節日。

愛情白老鼠

初戀情人的角色仿如實驗室中的白老鼠，為的是給愛人經歷愛情，協助對方尋找生命中的真愛。即使賠上了寶貴的生命，終是被人唾棄和遺忘⋯⋯

5
化石的等待

升降機門絲紋不動。

走廊上的女孩死盯著它，不發一言，不知過了多少時間，為的無非是一個答覆：分手，還是復合。

沉重的眼皮向她撒嬌，痠痛的雙腿向她求饒，飢腸轆轆的肚子向她咆哮，女孩都不願投降，繼續病懨懨地留守故地。只是，再痴情的人也敵不過時間的陰森，信心就像一手可握的麵粉團，終被廚子一刀一刀無情地削去。

「弟弟身在福中不知福，將來定必後悔！」

「對！你仍愛他，多等一會吧！」

不遠處是男友的住所，他兩位姐姐正站在鐵閘後，忙加勸慰。

靜默片刻，徬徨無主的女孩再次將目光投放到升降機上。

升降機門依舊絲紋不動。

女孩的心咚咚咚一陣子亂跳，憂心如焚，又轉了個身。

鐵閘後換上另一張臉，直如鏡頭無法對焦，有幾分模糊，但可斷定是男友的父親。

「這個傻孩子，哪次犯錯後不是乖乖地回到你身邊？給點耐性吧！」

女孩的眉頭蹙得很深，鼻子一陣酸，點頭後又把專注力集中在升降機上。

升降機門宛若一雙合起的手掌，忽然「砰」一聲分開了。

男友瞥了她一眼，話也不給一句，直入屋內，把門再次鎖上。她疾步趕至鐵閘外，對方已銷聲匿跡，見到的反而是他已逝世的母親。

「墓前你不是承諾過好好照顧我兒子，跟他風雨同路嗎？」

「他貪新忘舊，把我拋棄了。」女孩聲音微抖，多年的委曲無從說起。

男友怒氣沖沖從房間走出來，狠狠地瞪了她一眼，之後索性用力把木門

關上，剩她在門外自顧自憐。提起被刀片割過的手腕，錶面清楚地顯示著時間和年份。三年了，究竟還要等什麼？

女孩的心痛得快要撕裂，暈厥在地……

滾下的淚珠，又大又熱燙，「女孩」猛然從夢中醒來。相近的夢境，過去十年反覆出現。來不及梳理記憶之際，一如以往，她悲慟不已。昏暗的燈光下，她掃視四周，察覺自己倒臥在雙人床上，身旁還有一個呼呼大睡的男人。

嘴巴無法緊閉，唾液隨著薄薄的唇角流下；強壯的雙腿把被子踢開，暴露的身體難抵空調的寒氣，旋即像刺蝟捲作一團！「女孩」開始意識到眼前人就是她付託終生的丈夫，因此溫柔地把被子重新蓋上，同時把昔日愚不可及的初戀埋藏心底。

歲月抹不走手上的傷痕，無名指卻多了枚鑽戒，剛好是丈夫一個月的工資。他說過，所有的辛勞都是為了給妻子幸福。她又陸續想起，明天是二人的紙婚紀念日，睡前丈夫把一張卡放在床頭，叮囑她醒後才看。

「女孩」縱身下床，放輕腳步走到大廳，坐在沙發上翻開那感謝卡。恰巧，樓下花園裡的蜂后，亦正慢慢品嚐牠的蜂王漿，香甜無比……

古埃及貓

在古埃及，貓被奉為神明，深受古埃及人愛戴，愛情道路上誰也渴望有此厚遇：只是愛到最後，很多女子才發現自己不過是一隻「敗犬」而非萬千寵愛於一身的貓。

6

敗犬

根據日文辭典記載，敗犬的意思是：「鬥爭中失敗，夾著尾巴逃跑的狗。」現今高齡而尚未出嫁的女士，像喪家之犬，遭人排擠，故被稱為「敗犬」。

狗奴才

　　一隻強而有力的大手掌，趁我不為意時從指縫間逃脫了，剩下我空晃晃的一對手，迷失在人海裡。別過頭看，我已徹底失寵，一幕有趣的畫面：男友正在微微開敞的老士多店門外，彎下腰、眉開眼笑地逗著狗玩，整個人是說不盡的孩子氣。

　　忘記男友施展什麼魔法，讓我乖乖就範，到他家去。

　　大門打開，一隻恐龍似的唐狗出現眼前。這隻滿身黃毛的巨犬，兩個月大時已被男友收養，故稱為黃小狗。牠對我一見如故，不時伸出長長舌頭，彷彿要溶掉我冰淇淋的身軀方肯罷休。在中國十二生肖中，我屬狗；最倒楣是小女子姓「王」，與黃小狗的「黃」字同音，久而久之，男友故意喊我為王小狗。

　　數不清多少趟，男友一聲令下，大喊那三字，我和愛犬總條件反射地朝睡房衝去。我們常在狹窄的走廊上相遇，直至身軀無法向前推移半步才停下，男友每次都因這滑稽場面捧腹大笑。小狗吠聲連連以表抗議，我也老實不客氣，說晦氣話：「狼心狗肺的主人，我就是你那個狗屁不通的狗奴才了。」

　　一瞬間，悄無聲息的屋子變得熱鬧、溫馨起來。

有緣人

相處了一段日子，方得知黃小狗曾淪落街頭，在香港這熱烘烘、五光十色的城市被遺棄。牠從沒開口提及過去，我認為是傷心過度所致。

早陣子，男友問我如何忍受多年來形單隻影的生活，我和小狗對望一眼，讓沉默彌漫於空氣中。人生大概是這樣：不能挨也得挨過去。一張臉，投射在我和小狗的瞳孔上，我倆細小的世界只足以容納下他一人。那晚月光從窗透進屋內，「三人」坐在沙發上依偎著，寡言少語地觀賞電視劇。螢光幕上是位中年計程車司機，油箱剩下寥寥無幾的汽油，眼白白看著其他司機滿載而歸，自己卻前路茫茫，唯有繼續毫無頭緒地啟動著引擎。每天，他多希望遇上有緣人，展開美麗的旅程，至於是長是短，已不敢奢望太多……

我的心不禁抽了一下，十分難過。

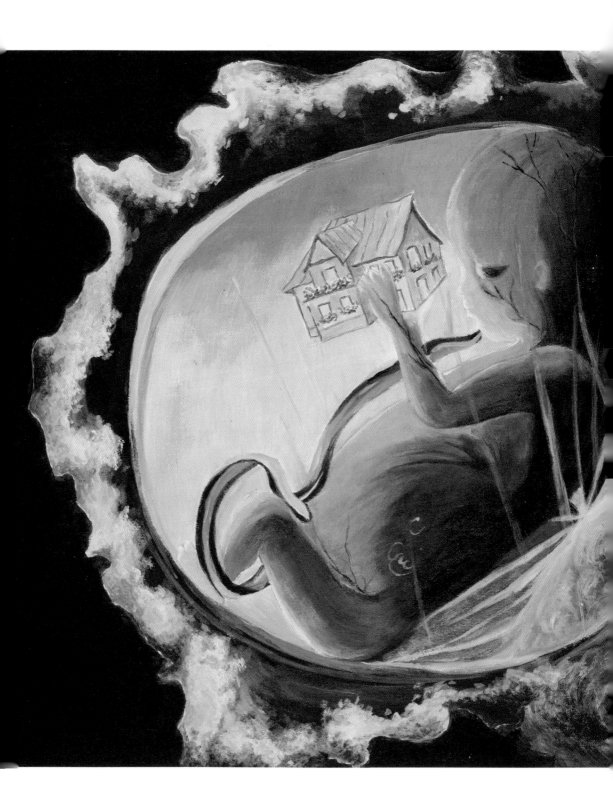

胎死腹中

我偶然會向男友發牢騷，正如黃小狗難免有頑皮的時候。家中空無一人時，牠愛把屋子弄得天覆地翻，一塌糊塗。回家後，男友慣性地大發雷霆，破口大罵；而我總不忘替牠辯護，解釋一切全是活動空間不足、生活枯燥和欠缺安全感之過。

近年來，房屋求過於供，樓價自然水漲船高。男友被迫棲身於三百多呎的小單位，對於身形龐大的狗隻而言，毫無疑問稱得上「蝸居」。現在，牠尚可在這侷促空間兜來繞去，倘若把我家中沉甸甸的畫具和小說搬進來，後果不堪設想！

我曾多次提出置業方案，買較大的單位同住，可終被一一婉拒。男友不是嫌樓價高企，就是資金用作投資無法調動為由，敷衍我。未來藍圖就這樣胎死腹中。不用說結婚証書，就連一張聯名屋契我也得不到手。只要聽到有關房屋買賣消息，或途經地產商鋪，自會七竅生煙藉故向他發脾氣，以洩心頭之恨。

男友年輕氣盛時，曾跟心儀女子聯名購買一單位，有次說漏了嘴，告訴我分手後變賣手續有多繁複、多累人。他的心意，我想不難理解。

丈夫主宰的銀河系

男友高薪厚職，對我和小狗十分慷慨。我倆衣食無憂，不愁一日之糧，然而主人不在家時，陪伴左右的是一屋子的死寂。

我主要是打理家務，無意識地盯著電視機不動，隨意翻閱家中的飲食雜誌，或胡亂敲擊鍵盤，看他喜歡的團購網頁，等他下班。那小狗又怎樣呢？

黃小狗喜歡將前腳放在窗檯，後腳踏在沙發近窗一邊的扶手上，雙眼被玻璃窗後的世界迷住。事實上，窗外沒有翠綠色群山，也沒碧海藍天，反之只是密不透風的大廈景觀，不知有什麼好看？

我明白小狗的苦況——心裡感到納悶。最近，本港有狗從天而降，由十八樓的窗口飛墮至四樓平台，慘死收場。我害怕得很，所以勸男友換上大鎖，把窗花鎖緊。而我亦刻意把隨身攜帶的《哀悼乳房》扔掉，只是其中一小段像直升機終日在腦海盤旋：「她要和過去切斷，加入丈夫主宰的銀河系，完全沒有走向宇宙、自我發光的權利。」

浮游生物

　　我睜大眼睛，在電視櫃旁的金魚缸裡努力
搜尋渺小得肉眼看不到、游動能力微弱的浮游生
物——即使不是身處於浩瀚的海洋，小小的湖泊
或池塘裡，一切活動仍得受水流的支配，完全沒
有自己的方向……

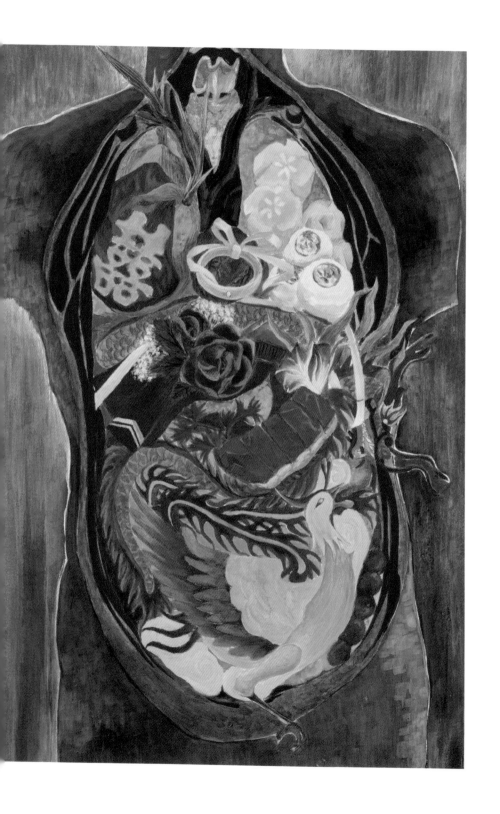

神經質動物

閃電雷鳴的日子，小狗的情緒總是無法平靜，除了呼吸加速，全身顫抖外，還會叫個不停或用力抓門。女人被取笑成神經質動物，說穿了不過是同一道理：欠缺安全感。

　　我主動要求男友結伴出席中學死黨婚宴，好讓把一眾朋友介紹他認識，得到是直截了當的答覆。他認為一紙婚書毫無意義，更怕整晚像囚犯，被迫觀賞千篇一律的影片。我無法擠出半點笑容，最終決定單刀赴會。

　　一對新人在台上誓言旦旦，台下的我眼淚卻在流。我以身體不適為由，吃過油膩的乳豬拼盤後便提早離場，並在酒店附近的海旁，吹了一晚冷風⋯⋯

077

共諧連理

踏入三十歲，母親大人開始為我的人生大事操心起來。什麼風吹草動，她總會起疑心。男同事的一通電話，一張合照，也能使她心花怒放，牽起無限遐想。隨著年月的過去，幻想破滅，母親改換上副慈悲相，叮囑我別過分挑剔，即使其貌不揚，離過婚，只要無兒無女，真心待我好亦可付託終生……

都怪我心軟，不忍折騰母親，拍拖半年就主動把喜訊告訴她，自此開始失去安寧的日子。她幾乎每天都嚷著帶男友給她看，怕女兒被人騙財騙色。在威迫利誘下，我終向男友發下一道命令：拜會雙親。

那晚，家母把畢身的絕技全放到餐桌上；之後，她開始漠視母女之間的君子協定，打聽男友的身世，工作，感情等等。男友投以求助的眼神，我作出全不知情的樣子。我倆心知不妙，互打眼色，決定提早離開。他先去按升降機，待我綁好鞋帶後便可迎頭趕上。

怎料推開大門，走廊上年邁的母親正緊握著男友的手，即使她努力壓低嗓子，我還是聽得一清二楚：「女兒被前度害得很慘，這次你可不要辜負她。大家年紀不少，是時候共諧連理，我們不是賣女，禮金不要你的。」內斂的父親站

在不遠處監視著，害怕目不識丁的母親出窘態，補充說：「禮金不要，酒席可免，只要你們二人高興就可。如未有物業，我尚有一單位，兩個月後可收回，看你會否嫌棄……」

我實在聽不下去，改到洗手間洗臉才踏出家門，陪男友返家。

車上，大家隻字不提。他專心駕車，我則閉上雙眼，假裝陶醉在音樂的世界裡。

無處可著根

我曾談過馬拉松般的戀愛，跑得上氣不接下氣，但仍與終點緣慳一面。每當發生爭執，我就像黃小狗情緒失控，撇下前度男友，在街上亂跑。為的是逃避可與雷聲相比的責罵聲，或躲避眼角下即將驟降的一場大雨。

我跟現任男友幾乎沒吵過架，十分甜蜜，只是，介紹我給伯母認識的承諾，遲遲未能兌現。這也言之有理，無謂要年事已高的記下太多名字，要是一不留神叫錯了，大家可真尷尬死。不怎樣的星期五，男友如常駕車接我下班、吃晚餐，晚上八時才回他家。從對面馬路往上看，家裡燈火一片通明，原來那孤獨的長者突訪愛兒。冷清的月光下，無名無份的我唯有偷偷避席，四處徘徊。

中國人講求落葉歸根，一年期限已過，我仍是亡國後的遺民，委實有無處可著根的淒楚。想起大學教授的一番話：「宋朝鄭思肖畫的蘭，連根帶葉一同飄於空中，意思是沒有泥土的草，即使不受風雨折磨，遲早亦會枯死。」

晚上十點，男友給我短訊：母親已離開，天色已黑，快回。我答覆：我永遠不會再回去！手機隨即響個不停，我乾脆把它關掉，放進手袋裡。

　　坐在輕鐵站冰冷的長凳上，望著錯綜複雜的路線圖和掌紋，不知何去何從。三十分鐘過去，熟悉的身影撐著大傘子，汗流浹背走到我面前。望著男友那雙閃爍不定的眼睛，他什麼話也沒說，亦無話可說，只管牽著我濕漉漉的手，一起回家去。

　　凌晨時份，夜空突然打起雷來，男友早已呼呼大睡，置身在不一樣的世界裡。雖在他懷中，我和地上的小狗仍然不斷顫抖，直到天明。

星期六大清早，男友已出門工作。中午時份，天氣開始放晴，陽光照射在小狗身上。我站在牠前面，其影子在我雙腳上晃來晃去。

　　午後的陽光很燦爛，但遲早會西沉。窗台背後是大廈外牆，早前我在那不起眼的花槽種植了一株珍貴的醉芙蓉。這聰明的「三醉芙蓉」花色一日三變，有白色的、桃紅色的、深紅色的，能招引不同的昆蟲為它播種。澆花後，我大膽地打開廳門，耐心地靜候小狗的反應。

　　牠伸頭出門張望，悄悄四下打聽，只見大廈的走廊很長很暗，不見盡頭⋯⋯

7 糖果大爆險

有時候，人為求顯得與眾不同，清高點，必須跟主流文化切斷關係，做到涇渭分明；可是，心底裡那份堅持難免有騷動的時候，猶如寡婦晚節不保的情勢。

全因不如人意的小巴班次，我用手機下載「糖果大爆險」遊戲，並在數月內勇闖了二百多關，一副顧盼自雄的樣子。開心過後，隨之而來是對時間的追悔。依開發商所言，全球玩家加起來的總遊戲時間足足有十萬年多，「光陰」瞬間變成急於拋售的股票，一文不值了！

此遊戲令我額上青筋盡現、無法自拔的原因很多：
(一) 每一關卡設有清晰明確的目標：限次積分，啫喱清除，運送菓子或限時積分。若分數達到或超出規定的上限，即可獲取三粒星的佳績，彷如軍服上的肩章，有光宗耀祖，衣錦還鄉之用。

我這輩子像根路邊草，隨風飄搖。大學畢業後，在家人的「教唆」和「利誘」下，投身教育界。蠻橫學生出言侮辱，一人常到學校的天台呆坐，不敢自尋短見，頂多是對影說窮訴苦。生活所迫，大概有「釣個金龜婿」的衝動，惜選錯郎。情人失業多年，終日游手好閒，卻不願接受熟人介紹的銀行工作；在愛情領土上，他又貼近馬哥孛羅的精神，終唾棄我，探險去。人任性，可目標清晰，心夠狠，有望創一番風光偉績。

站在人生交叉點上，惶惑不安的我，每每只懂哀怨乞憐等待上天的安排，全無掙扎之意。不能作絲毫的貢

獻，實在於心有愧。反之，遊戲教人一心求勝，我像撲燈蛾，又像撞窗戶紙的蒼蠅，只管勇往直前，相形之下，虛擬世界中的我更為清醒，更為勇敢！

(二)即使失敗，無關痛癢，因遊戲賦予玩家翻身的機會：遊戲一開始提供五顆心，輸一次扣一顆，「五命嗚呼」後，三十分鐘過後就可重生，彷彿一滴甘露落在乾土上。與此同時，急不及待的玩家亦可不惜工本購買各式各樣的法寶或紅心，延續壽命。

從哇哇落地起，人類只被賜予一顆心。回望三十五年的人生，失敗的次數多得像陰溝裡的老鼠，可誰又給予過機會呢？小六時，在四百米的接力賽中，不慎摔倒，為何不可捲土重來？觀眾的訕笑，隊友的怪責，令我不得不絕跡於跑道，並說服自己笨手笨腳，沒半點運動細胞。常言道馬路如虎口，對我來說跑道更令人戰慄不止！

人生有轉彎的餘地，此說法不盡言，在「顯微鏡」檢視下，漏洞旋即無所遁形。以求學作例子，留班制可算是學校大發慈悲，對躲懶、天資平庸學生最大的寬恕。然而，即使留班生翌年有幸順利升讀，他或她已成了一座孤島，錯過了許多美好的人和事。不待言機會寥寥可數，就算有，一切已化為昨日黃花吧！

（三）要是相識滿天下，玩家可東山再起：在於己無損情況下，面書上的好友可餽贈玩家步數、甚至紅心，讓對方搖身一變為鳳凰，在灰燼中重生。

好友奉子成婚，大抵是無計可施，才不惜一下子透支淨盡二人的友誼，開口叫我救濟她。打開存摺簿，像學生翻開差強人意的試卷，甚難為情。現實世界裡，各有各的煩惱不在話下，一人之力更是相當有限，可謂泥菩薩過江，自身難保。最終，她損頭爛額離場，迫不得已把手上的股票賤賣，拿錢擺酒去。

自小身邊美女如雲，所以一直扮演著綠葉這種閒角。夢中情人，遇到我國色天香的朋友一見鍾情，那張天使臉不忘展示勝利的笑容，但不為所動。現實中，朋友可把他轉贈給我，令我的人生振奮起來嗎？年幼無知，留下的陰影是那麼的深。怪不得，現在和我姐妹情深的清一色都是其貌不揚的人啊！

「在家靠父母，出外靠朋友」，不管是出於計謀，還是惺惺相惜，朋友的好處不言而喻。只是站在碾壓迫至的厄運前，交情再深，除了給對方鼓勵，長吁短嘆，兩行淚外，真是愛莫能助。不是友情經不起考驗，而是生命太沉重，小小的螳臂如何為兄台你擋車呢？

（四）此遊戲又有「多勞多得」的性質：玩家只要堅持下去，抽換或購買法寶，假以時日終能過關斬將。

自懂事開始數見不鮮，很多人包括自己在內，天天都在跟父母的遺傳基因不停作戰。我看著密密麻麻的乘數表，摩斯密碼似的，死記硬背也不入腦，一雙小腿常被父親的衣架打致通紅。猶記得一位中學同學，幾乎每天放學到自修室溫習，晚上十一點才回家。時間過去，高考只有一科合格，放榜

日那雙絕望的眼睛，豆大的淚珠，還在我腦海中揮之不去。即使她如何呼天搶地，大學之門都不會為她開啟。這是莫可名狀的悲哀呀！

學校是殘忍的場地，儘管為師者出力揮動「一分耕耘，一分收穫」的旗幟，但同樣是這班靈魂工程師最早教會我們趙孟堅的名言：「天與分數限量，更欲有加不可。他時或更進，視此當一笑」。

逃離漫畫世界，「叮噹」消失了，假使有「法寶」發售亦絕非草根階層可買得起的玩意！一個小小的遊戲卻關顧了人類很多的心理需要。如果真有造物主，希望祂能虛心借鏡，好讓我們能乘興而來，興盡而返，擁有一個稱心如意的人生！

8 男人「小」丈夫

他一而再再而三將見面時間推延，傍晚九時還不肯現身。商場內展示的商品就像公開試舊試題，我這考生已翻閱了一遍又一遍，達至滾瓜爛熟的地步，委實很不耐煩。

雙手彷彿失衡的天秤，左面是千六元的新衣裳，右面是二十三元快捷的飯盒，桃紅色的高跟鞋一枴一枴把我送到小巴站。寶馬香車已停泊在前方，眨著雙眼。為免刮花指甲油，我小心翼翼地用手指輕敲玻璃窗，遂拉開車門，把公事包、飯盒、戰利品和自己一一安頓下來。

我不知他可有歉意，對方連看也不看我一眼，只管注視手上的智能電話。正當累積的怨氣像活火山快爆發，河水快決堤之際，他把顯示著「公務員薪金表」的螢幕放到我右手的掌心，然後馬上開啟引擎。我一片茫然，看著他勞碌困倦的側面。

「若果我申請降級，由SGM改為GM，每月少萬六元收入，可接受？」

「為什麼？」我瞪大雙眼。

「不願為工作賠上性命，一切已超出可承受的範圍。」

橫越兩條馬路，車子藏身於公園外的一隅。我把飯盒遞上，同時把飲料送到口邊，他含著一口飯在嘴裡說：

「快告訴我今天代課發生的一切。可感委屈？」

「沒什麼特別。」我心不在焉地答。

他用膠匙把鳳爪胡亂放入口，然後猶如碎紙機，吐出支離破碎的殘骸在白飯上，不消五分鐘飯盒一掃而空。他自顧自下了車，以急速的步伐將它掉進垃圾箱，然後步向公廁。我從汽車細小的倒後鏡中捕捉他巨大的身影，寂靜的夜色，加深了他的悲淒！

車子彷如運動選手，在不遠處的油站又停下歇息，他一聲不響下了車。我偷望了一眼：一個了無生氣的人正為四個車軚打氣。

選手再次踏入跑道，我們正準備由新界西返回新界東那面：我們的家。車身堅硬無比，然而主人只是血肉之軀，他趕緊閉目養神：

「交通燈轉綠時，叫醒我。」

「好。」

我捨不得驚動他，正如劊子手遲遲下不了手的道理。在剩下的路程，不好意思再勞煩我，他改拍打自己的大脾和臉頰。每次看到此景象，我總於心不忍，用手溫柔地捏捏他的頸背，好使他能抖擻起來。為入讀藝術系，年輕時的我曾努力克服對數學的厭惡，可從沒為身邊的男人，認真考個車牌，為他分憂……

傍晚八時。

「今天工作如何？」

他軟弱無力地說，「不說了。不想再痛苦一次。」

「六合彩今期的多寶獎金，多得嚇人！」

他笑彎了眼睛說：「如果中了就寫封辭職信。『Dear Principal, I am writing to inform the school that l will be leaving my position…』」

二人捧腹大笑，笑聲在車廂內迴盪。

翌日早上六時半。

「前面有交通意外，嚴重堵車怎麼辦？」

他愁眉苦臉說：「偷行路肩，可加快速度！今早有一大堆工作等著我處理。」

我緊握著他雙手：「萬萬不可，被人用手機拍片放上網，教席不保……」

半小時後。

「撞到路人了！快報警，並向學校請假！」

「不可以，我要主持早會，放學還要補課……」一張三魂不見七魄的臉。

我的心給刺了一刀：「學校裡總有人可彌補你的位置，但對於奶奶和我來說，你是不可取代的，明白嗎？」

警署的職員認真地把我的話一一記錄下來。

「別玩手機，快開口補充些資料，我怕有所遺漏！」

他的頭一直沒有抬起過：「很多工作要向同事交代清楚……」

我的心擠緊作痛著。

前晚他蹲在地上為車子打氣時，我安坐在車廂內，任由空調輸出的冷氣將我重重包圍，思緒隨電台送來的一首英文歌《You're My Everything》滑翔。

他何嘗不是無時無刻為我的生命注入朝氣，讓我在人生的康莊大道上馳騁？他學業成績彪炳，屢次獲獎，卻不曾發過數學家、物理家夢，反而甘心成全我。從不打擾我六歲開始發的美夢，即使我對家務事潦草塞責，也決不過問，就這樣任由我全心全意地埋首在沒有回報的創作上。畫展過後，慣常地將邀請卡、宣傳單張收進防潮箱，與他心愛的郵票爭一席位。看到新作，又不忘摸摸我頭，誇獎我的才華，並說為我感到自豪等話。他一直在彌補小時候父親欠下我的情份。

男人不一定是「大丈夫」，但我只知道：他不折不扣是我的丈夫，大、小也愛。我對他的愛彷如低檔刺鼻的俗氣香水，轉瞬即逝，而他贈我的情意卻是少女的體香，用心感受才可發現那淡淡清香，且歷久不衰。

丈夫將我這支爬藤草放在溫室裡，自己卻活於水深火熱之中，而我竟自私自利地過活，完全漠視了他的辛勞。偶爾引來了狂蜂浪蝶，還要向他示威，務求索取更多的關注和寵愛。更甚時，不惜引用愛情心理學來唬嚇他，什麼「釣到的魚不需要餵食」可令幸福隨風飄逝等說法……

藝術夢多麼虛無縹緲、遙不可及，我深愛的人卻在咫尺，那可是一個有體溫，有思想，有感情的人！在歷史的洪流裡，尚有千千萬萬的莘莘學子為藝術著迷，追隨它；而我可憐的丈夫，短短的餘生只剩我一人愛惜他。

回到家，萬分抱愧的我收起畫具改翻開塵封已久的履歷表，決意找一份長工，跟他早日完成退休夢；除此之外，我又瀏覽有關考車牌的網頁，希望可成為「柴可夫斯基」，不分晝夜接送我的「小丈夫」。我口邊哼起車上聽到的那首歌：

「You're my everything. You never have to worry, never fear, for I am near.」

「I'll come to you and keep you save and warm.

Yet so strong, my love. 」

吶喊

異，同樣令人焦慮得發抖？

自然劇烈而無盡的吶喊，是否跟夫婦的爭吵聲無

且禍及下一代。畫家蒙克在落日下散步，聽到大

愛的語言，戀人仍像雞同鴨講，無法溝通，

的盡頭，即使接受相同的教育，說着相同

100

9 一條路兩個人

二零一零年，土瓜灣馬頭圍道45J號唐樓發生了倒塌事件，造成四死二傷。

印尼華僑阿鳳，凝視這早已灰飛煙滅的遺址，歎了口氣。

葉落串串，下午三時，阿鳳仍空著肚，被罰在銀行櫃員機前踟躕不前。一毛不拔的提款機就是一百元也不肯給她吐張。已不是頭一次，前夫誓要透過這種報復方式，折磨目不識丁、失去工作能力的妻子，叫她懊悔⋯⋯

想起孩子學校的「勒索信」，女房東的「恐嚇電話」，阿鳳的手心冒出了汗，須去一趟洗手間。推門而入，麥當勞內一位婦人攝住了她雙眼。

一張不再讓人眷戀的臉，像狂風吹襲下的湖水；山丘般的背部，鶉衣百結，令人聯想到雨果筆下的敲鐘人。阿鳳朝洗手間方向邁進，見對方伸出胳臂，手心朝上，滿口吉祥話，正向一名地盤工人要錢。阿鳳明瞭山窮水盡的窘況，三步兩腳，不願看到食客難看的面色，更不忍聽到尖酸刻薄的話，儼如當天跪地求饒，希望奶奶給她倆母子一個棲息處。

從洗手間出來，老婦依然一面愁容，四處向人打躬請安。阿鳳把話吞下肚：誰不是可憐人？人窮，心自然硬。家無儋石的街坊，哪看得見你眼眶裡噙著的淚水，聽得到你呼天搶地的叫喊？她曾致電遠方的親生父母，

盼給女兒匯款以解燃眉之急；怎料雙親竟埋怨她，寄回家的錢只夠兒子娶妻，無法分擔興建房屋的支出……阿鳳不由鼻子一酸，又趕返櫃員機排隊。

銀行存款絲毫不動，沮喪的阿鳳盯著對面馬路的食店。今天是兒子的九歲生辰！早在暑假，傻孩子已嚷著生日要光顧此食店，吃他最愛的煎蠔餅。舊患發作，阿鳳只好把單薄的身軀挨近牆，整個人蹲下去，像去年兒子扶起她時的模樣。

透過中介公司的穿針引線，阿鳳下嫁素未謀面的裝修工人；而在港無法結識女友的前夫，僅花一萬元就娶了漂亮的妻子，繼而開枝散葉。本是雙贏的局面，但前夫看不起她，也不愛惜倆母子，跟其他同鄉遭遇相近，阿鳳只可忍氣吞聲。去年，前夫証實患上了糖尿病，自卑心作祟，常冤枉阿鳳有外遇。一晚，他闖入洗手間雙手捏住妻子的脖子，透不到氣的阿鳳隨手抓住梳子，用尾尖插向其背部。前夫用力一推，阿鳳從半空重重地倒臥在堅硬的浴缸上。最後，母子歪歪斜斜去了急症室，醫生說其脊骨已爆裂，差點全身癱瘓！醫生看不過眼，教她控告前夫，令他受牢獄之苦，但念在夫妻一場阿鳳決意放他一馬，想不到對方竟恩將仇報……

回過神來，阿鳳發現老婦已坐在那食店門外的椅子上歇息。二人四目交投，婦人橫過馬路向阿鳳走來。泥菩薩過河，阿鳳旋即別過頭避開。

老婦對提了錢的路人虎視眈眈。她在一個白領麗人背後亦步亦趨，希望對方用錢打發自己。阿鳳向來敬重讀書人，欣賞他們深明大義，認為老婦必有斬獲。豈料眼前的麗人露出鄙夷的目光，窄身裙、高跟鞋不減她的靈敏度，像個飛毛腿，轉眼老婦已追不上。在這文明的城市，已取得永久居留權的阿鳳也曾想過向社工申請公屋和綜援，但在傳媒的大肆渲染和醜化下，害怕兒子在校被老師和同學瞧不起，因此打消念頭，過著卑躬屈膝的生活。

想是心灰意冷了，老婦返回彼岸的座位。她從褲袋取出一堆雜亂無章的紙幣和硬幣，開始點算。阿鳳像被針扎了一下，根據紙幣的顏色作粗略估計：至少有三至四百元。期間，店員把外賣盒和汽水交給老婦。接過後，她付上一百元紙幣，職員把零錢找她，老婦操流利普通話，邊說「不」邊耍手撐頭，相當豪爽。

　　阿鳳整個人木然，手上提著的膠袋掉在地上，數個汽水罐打轉，她眼巴巴地望著深不可測的老婦。對方吃了半塊煎蠔餅，就把飯盒蓋上棄置在身邊的垃圾箱內。她又從衣袋取出香煙，徐徐地點燃一支，吞雲吐霧。老婦舉頭看漸沉的天色，臨跳上計程車前，把喝完的汽水罐交給阿鳳，之後車便向紅磡火車站出發。一路之隔的煙霧早已令阿鳳的雙眼模糊起來，什麼也看不清。

10 小城有夢

沒有夢的小城，為師者埋首教導學生如何做夢⋯⋯

一盒油粉彩，令六歲的阿真對藝術一見鍾情，決意尋夢去。長大成人後，她明白到寶藏並不在古堡神殿裡，而是匿藏於大專院校內。大門的守衛不森嚴，唯過五關斬六將免不了。阿真成功考入藝術系，自以為美夢成真，豈料慕名而來的勇士可不少，大家身懷絕技，令她無地自容。

夢，隨著畢業禮完結幻化成空花泡影。

踏入社會，阿真覓得另一夢。天知曉指環竟變成孫悟空頭上的緊箍圈，丈夫唸出甜蜜的咒語：買一所物業，生一個寶寶。她竭力忘掉令人抱恨的藝術夢，辭去畫室的兼職改到小學執教鞭，教授下一代如何追夢，但決不肯心虛地講述夢的意義⋯⋯

那是個長達萬里的辛酸夢，光是一個五百尺的單位，兩人斷送了三十年的青春。來不及慶祝，丈夫辛勞過度與世長辭，留下無疾而終的夢。獨自將孩子撫養成人，比蠶絲更長比黃連還要苦。死亡沒讓阿真醒覺到「遺憾」的可怕，反而爭分奪秒賺錢養家，成為魔鬼的信徒。諷刺的是，兒子衍生出更多的夢：入讀著名學府、成家立室等，猶如被拍打垂死的蜘蛛，身體鑽出上百隻的後代。

阿真用蒼勁的筆法宣洩人世間的苦難，以濕潤的墨色去包容生命中的無奈，超其象外，得其環中，抒寫她

胸中逸氣。晚年不止得到畫廊的青睞，藝壇上也佔一席位。受訪中，她心滿意足地分享追夢的歷程……很不幸，這是阿真在老人院臨死前發的一場夢。她沒留下驚世的作品，反之只是一張屋契，以及兒子的創業夢！

　　這是一座沒有夢的小城，還是滿載太多夢的城市？

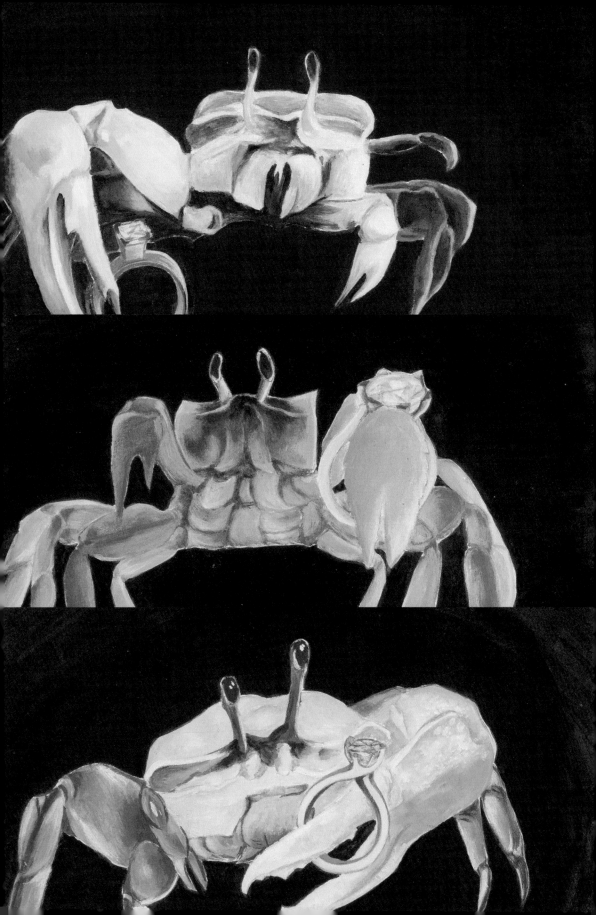

招潮蟹

招潮蟹時常有「招潮」的動作，為的是用大螯威嚇敵人或求偶。很多女士視戒指為神聖的光環，然而男人眼中它只是孫悟空頭上的緊箍圈，令他們望而生畏。

鴛鴦

在中國人心中鴛鴦是永恒愛情的象徵，有一夫一妻、白頭偕老之意。可是在鴛鴦的群體中，雌鳥往往多於雄鳥；牠們並不是一雙一對，更非從一而終。我們自小夢寐以求的愛情，跟生命中遇到的愛人亦有相近的落差吧！

114

11 忘「壞」

烈日當空，剛「登陸」的阿萍在菜市場出口處扶著滿載而歸的手推車，氣喘汗流：要是丈夫休假，就不用如此狼狽。她又想起二人四十載情，眉開了。

計程車在馬路上招搖過市，想到女兒高薪厚職，未來女婿定期給兩老家用，阿萍的頭自然揚起，右手驕傲地揮動。兒子送贈的手鏈夕陽照射下閃閃生輝，雖曾誤入歧途，但學了一門手藝自立門戶，算是祖先保佑。

車在一棟三層高的村屋停下，阿萍知足地推門而入，繼而下廚操動刀俎。

晚上七時，手機和門鐘均沒有響。

阿萍先到樓下用力拍門，但毫無動靜；她改到三樓按鈴，迎來一張眼熟而不知名的臉。

「有事嗎？」對方遲疑了半刻，「今天吃了藥沒有？」

她驚慌失措，折回家撥電話給女兒。

「樓上的女人是誰？」

「媽，我在加班，先把床頭櫃抽屜內的藥服下，回來給你解釋。」

「什麼病？」她聲音抖起來。

「腦退化。」

她在嘶叫：「阿行的家為何沒人？還有，阿康膽敢不接我電話？究竟發生了什麼事？」

「電話裡說不清。」

「不，即刻說！」她咆哮著。

「阿爸和深圳骨妹鬼混，已搬離一年了。」

她老淚縱橫，坐在地上啜泣。

女兒深呼吸一口氣：「弟好酒貪杯，上月醉駕走了，屋出售中。」

她努力抑制情緒，逐字吐出：「我的『好女婿』呢？」

「我們合買另一單位作投資，為減省印花稅，轉讓了樓上的業權給他，但之後就一去不返。你剛見的是新業主……」

手機跌在地上，眼前的玉盤珍饈無人問津。阿萍的腦海裡是一家人把圓桌圍得密不透風，有說有笑，以及連串的打飽嗝的清晰畫面。

每隔數天，傷口還來不及復原之際，就這樣一次又一次地重新爆裂……

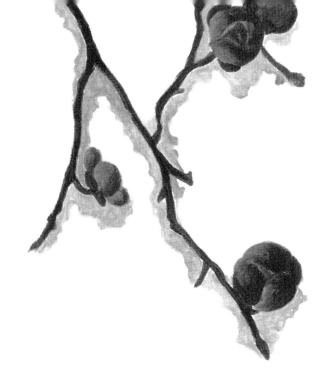

12 摩天輪出軌

「過馬路的工作向來由我一手包辦，別恃著主人寵愛有加就任意妄為，白白斷送大家的性命！」

「抱歉。」

「幸好巴士司機疾馳中來得及煞車，否則後果不堪設想。最近你太放肆，如脫韁之馬，無時無刻霸佔主人的思緒，星期天還害她闖入商場男廁，場面不尷尬嗎？」

「我想他。」

「有夫之婦，請你內視反聽，別胡言亂語！」

正值上班時段，男同事陳岩罕有地駕著名貴房車駛經金鐘道，眼球成功捕捉了險象環生的一幕。

陳岩捷足先登抵達太古廣場，遠看猶如手術室門外通宵守候的家屬，雙手叉腰踱來踱去，憂心忡忡的樣子。假如他是張圖畫，小麥色的膚色自然是底色，黑色則可描繪出其深邃的眼睛，刀削的眉毛，以及高挺鼻樑投下的陰影。開會時，他總是一副冷靜嚴肅的表情，緊抿著薄薄的唇；培訓新人時，又會換上慈眉善目，甚或展露出兩邊淺淺的笑渦，彷如冬、夏兩種截然不同的景色。

右腦覺得眼前的男人才思敏捷，年輕有為，充滿男子氣概。左腦不敢苟同，倒認為此人事業心重，城府極深，公司內沒有知己良朋，未必無因。

「眉頭和雙目聽命，我需要橫眉怒目的表情，教他知難而退！」左腦冷冰冰地發號司令。

關心的目光宛如窗外耀眼的太陽，慘遭百葉窗無情攔截。為掩飾窘態，陳岩垂下頭、三腳兩步走進升降機，改到三十多層高的辦公室去。

右腦暗忖：「像闖了禍的小孩，傻氣得很。」

女主人梧桐紅色拉鍊似的雙唇，微微張開，露出了雪白牙齒。原來的怒火像氣球，迅速上升，繼而消失於晴朗的天空中。

「插足別人的婚姻，確是十惡不赦！難道你忘了前度男友曾令主人患上抑鬱症，那場夢魘嗎？要不是我及時阻止，我倆早已成了街道上一堆血紅的腦漿！」說罷左腦啟動「休息模式」表達不滿。

陳岩標杆般筆挺的身材，看著他楚楚可憐的背影，梧桐不曉得如何處置。思想在交戰，感性似乎稍佔上風。

梧桐一連幾天素顏上班，笑容跟滿月同樣難以窺見，因為，陳岩到外地工幹了。

陳岩對衣著向來不怎講究，但梧桐彷如天橋上的模特兒，總是千姿百態。即使是死氣沉沉的黑、白、灰套裝，他一眼便可分辨出：添置了新襯衣，配搭了新裙子，還是披上了新外套。上個星期五，梧桐改換上繡有珠片的碎花短裙趕赴婚宴，步出洗手間之際，陳岩剛巧迎面而來。他情不自禁停下來，由頭到腳打量了一番，空氣瞬間凝固，梧桐唯有尷尬離開。

婚宴上，梧桐自信滿滿，比起新娘子還要春風滿面。歸家後，她延緩

梳洗，好讓早出晚歸的丈夫看看盛裝打扮的自己。晚上十一時，海宙推門而進，妻子像考試拿高分的孩子等待誇讚，興奮地從沙發躍起，忙不迭上前替他除下外套。高大健壯，做事有條有理，怪不得令人死心塌地。

海宙隨意瞟了她一眼，「累，我先洗澡。」

浴室傳來淅淅瀝瀝的花灑聲，像關上電源的收音機，戛然而止。臉如死灰的梧桐挪步朝洗手間，她認真地審視鏡子裡卸妝後的一張臉，覺得自視過高了。梳洗完畢，裹在被子裡的丈夫跟失去生命跡象的木乃伊沒有絲毫差別，她不禁概嘆：夫婦之間整天說了一句話。

今天梧桐被委派到觀塘的分公司受訓，離開時到停車場取車，意外地發現了陳岩的私家車。他回港了！

她走向陳岩的座駕，對準相機鏡頭，情深款款地說，「我想你。」

「別耍無聊的小動作，要是他翻看影片，可大大加深誤會！」

右腦不予理睬。

翌日，梧桐打扮得花枝招展。外出用膳期間，更順道到香港動植物公園看看過著一夫一妻生活，困在籠裡的紅頰黑猿。回到辦公室，工作桌上放著一個紅色膠袋，袋裡有盒零食。揣測是女同事送贈，她想也不想就把刺目的袋子掉進身邊的垃圾箱，零食則隨意放到一旁。

天將黑，送贈者的身份仍然不明。走廊上，陳岩鴕鳥般閃閃縮縮，梧桐直覺事有蹊蹺，重新撿起那膠袋，細心搜索。原來袋內有張黃色的便條紙寫著：藍莓的花青素促進視網膜細胞中視紫質的再生，可增進視力。她把打入冷宮的藍莓巧克力取出來，相同的食物，有了不一樣的意義。

紙盒上清晰地標示著食用日期，梧桐希望幸福如同裝修師傅手上的圓形捲尺，可以慢慢拉長，讓她淺嚐細嚼……

「給他發個短訊？」右腦試探著。

「『多謝』可以，表情符號不必。別引火自焚！」

紙盒得到了優厚的待遇，連同便利紙被收藏於精美的鐵盒，繼而小心翼翼地寄居在抽屜內。

梧桐和陳岩同是會計師，屬核數部。前者入行足足五年，擁有個人辦公室；後者工作才一年多，只有長長的公共「豬肉檯」上的一席，像吉普賽人，沒有固定的「安所」。大家的職位和收入有一定的差距，一直維持著上司和下屬的關係，安然無恙。

港島區的停車場收費昂貴，打工一族多乘搭公共交通工具。梧桐習慣在地鐵上玩面書打發時間，陳岩見其貼文，愛以公事作藉口找她聊天。最初，梧桐算是不失分寸，然而，周而復始的無聊生活，馬拉松式的攻勢，令她欲拒還迎，有時候還忍不住先打開話匣子。最近更是隨心所欲，不顧後果，尤其出國公幹期間。甦醒時，手機從千里之外收到一個笑話、一則新聞、一首歌曲，怎不動容？入睡前，陳岩又愛向她匯報公司發生的種種事情和生活點滴。丈夫呢？梧桐已失去跟他交流的動力，反正沒有充氣的足球，花多大的力氣踢向牆，也不會有什麼迴響吧！

「主人像吸食鴉片……」

右腦得意洋洋地說，「你看她多有朝氣。」

「男人不會白白浪費資源去討女人歡心，將來定必得寸進尺，有所索求。」

「梧桐的道德防線很高，不用擔心。」右腦誓言旦旦的說，「倘若出現危機，我定必全身隱退，交你處理。」

右腦不發一言。

三月份開始，核數部多位同事協助中藥公司上市。證監會定下的死線急在眉睫，任誰也看得出該公司的會計師有心為難負責此項目的梧桐。對方遲遲不肯交出「內部會計報表」，組員懷疑這老姑婆嫉妒梧桐的花容月貌，手上閃閃生光的鑽戒，還有出類拔萃的丈夫。

　　他們被安排在中藥公司的小房間工作，數月有多了。晚上九時，梧桐吩咐所有組員先行下班，並由明日起返回金鐘的公司，剩下的殘局她自會收拾。向來工作充滿拼勁的陳岩自動請纓留下，其他組員既不意外，也沒有異議。

　　清理桌子時，梧桐無意間發現了「內部會計報表」的文件夾。想是時間緊迫，那會計師不得不就範，又怕沒面子，所以偷偷把它混入其中。打鐵趁熱，二人連夜趕工完成報告。陳岩以梧桐的車程太遠，有備無患為由，決意明早親身把報告交那會計師。梧桐向他報以微笑，之後各自招計程車回家。

　　上午九時半，床頭櫃上的手機響起，打來的是總經理。

　　「中藥公司的會計師向我投訴，你們未得許可擅自取去『內部會計報表』，既不尊重又失德。陳岩說你本想看清楚她的底蘊，下午才決定要否呈交報告；然而，陳岩認為手法過份謹慎，所以提早交了。這老姑婆是我大學同學，為人奸狡，分明設下陷阱，引你上當。我當然不甘示弱，她上司是我死黨，已幫我狠狠地教訓了她一頓。」

梧桐來不及反應，在床上聽到目瞪口呆。

　　「陳岩有才幹，希望爭取表現，這點我一清二楚，為人上司不可掉以輕心。工作遇到困難理應找我商量，你認為我是白領工資的嗎？」

　　「相當抱歉。」梧桐不敢鬆懈。

　　「別回那鬼公司，免大家尷尬。休息一天才回來工作！」

　　「謝謝。」

　　掛線後，陳岩即刻打電話過來。

　　「總經理可能致電給你，聽我說，事情是這樣的……」，他如機關槍，說到上氣不接不氣。

　　梧桐沒打斷的意思，反而閉目養神，任他說個不停。

　　「謝謝你。」她平靜地說。

　　「你早已知道？」

　　「是的。」

　　「我是大笨蛋。」

　　「不。你……很可愛……」

　　左腦說，「你不愛聽我也非說不可，此人必須加以提防。」

　　「我好喜歡他。」

　　「路遙知馬力。」

步入炎夏，兩人的感情如高溫大大提升。

晚上，梧桐的手機像吃得過飽的食客，打嗝不止；它又像倫敦大笨鐘連續被敲響了十聲，在這死寂一片的大廳裡，在這枯燥乏味的婚姻生活中，在這寸草不生的心田上，肆無忌憚地奏起激昂的樂章。梧桐放下沉重的熨斗，任由丈夫盡是皺褶的西褲遺棄在熨衣板上，改去撫平內心的波瀾。她將收到的相片鉅細無遺地看了一遍又一遍。

右腦心花腦放，按捺不住炫耀：「陳岩送來十張鮮花相片呢！」

「海宇沒送花嗎？相片不花錢，大廳中嬌艷欲滴的鮮花卻值千多元。你不如承認貪新忘舊吧！」左腦不屑地說。

「誰會在賀卡上只寫『生日快樂』四字？比朋友不是更生疏嗎？」

「多少年了？你還是別看太多愛情小說。」左腦忍不住說下去，「你不懷疑嗎？堂堂男人怎會無端地到花墟？說不定與女友結伴同行呢？婚外情，對男人來說多刺激！」

「問問他？」右腦向左腦討主意。

對方接口冷笑道：「倒不如問他是否花心漢更有意義，哈哈！」

海宇忽地打開書房門，喊著：「給我水。」

「水放桌上。」梧桐煞有介事地站在門旁，欲言又止，「剛有同事寄鮮花的相片給我……」

「嗯。關門，我開了空調。」

沮喪像一股巨浪將她淹沒。

「你看心不在焉，就連聲音有否傳入耳際也不得而知。」

「男性向來把伴侶娶進門視為目標，一旦達成，自自然然會改追逐地位、收入等事，屬人之常情。你看不見海宇正為未來埋頭苦幹嗎？」左腦氣

定神閒地回應。

「你老是袒護他！今非昔比，婚姻並不是無可搖撼。陳岩的愛勢不可擋，我真真切切地感受到前所未有的注視和關懷。」右腦忍不住長吁短嘆。

「海宇追求主人時，不是更賣力嗎？世間的感情如同相片，難免有褪色轉淡的時候。」左腦機械般振振有詞地說。

「一灘死水的婚姻生活，陳岩是黑暗中閃現的一縷光，這是梧桐最後的機會。」

左腦忽然改變口吻，「對。會計師的工資雖比精算師少一大截，但主人跟陳岩的收入加起來，生活絕對不成問題。」

右腦感到詫異，打斷說：「對方能自食其力就可。」

「不妨試試跟陳岩暗交，待加深了解後，才在二人之間作抉擇？」左腦稍作停頓，「只是伴隨風險，大有可能被同事發現！」

「梧桐向來沒有演戲天分，很難瞞天過海。況且這做法相當自私，對蒙在鼓裡的海宇不太公平。」

「妒忌心重的不是女人，而是男人。」左腦落力獻計，「梧桐大可告訴丈夫有追求者，從而激發他的愛，收復失地。」

「我不想利用陳岩，更怕他受到牽連。」右腦小聲細氣地道。

「自私自利的人才有機會獲得幸福，知道嗎？」

右腦一反常態，嚴肅地說：「還是坦誠相對，向海宇道出心中的鬱結，合力修補關係。梧桐深愛他，這是不爭的事實！」

左、右腦終於達成了共識。

一星期後。

「陳岩無緣無故在面書上載了張無精打采的寵物照片，寓意什麼？」右腦不明所以。

「他的攻勢愈來愈凌厲，終會毀我們大事。我迫嘴巴透露主人大他五歲的真相，還死纏不休，可惡！」

「不是真愛嗎？」

「照照鏡子，看眼梢的魚尾紋跑出來沒有？」

「他自會衡量。」

「陳岩願意為梧桐放棄辛苦建立的事業嗎？還有面書上大量小朋友的照片，你看不出他多愛小孩嗎？四十歲高齡了，能為他生兒育女嗎？對方大有可能只是逢場作戲，你卻天真得想離婚，跟人遠走高飛！即使動了真情，今天摧毀主人的婚姻，他日亦可解除自己的婚約。屆時一句性格不合，梧桐又回復單身，孤獨終老了⋯⋯」

「別說，我聽不下去。」右腦喝止道。

左腦富有經驗似地說下去，「假如眼下提出離婚，想必鬧出一場翻天覆地的騷動。陳岩的愛固然可以提升自我價值，但對伴侶背信棄義的行為，最終只會被親朋好友的譴責吞噬，造成自我厭惡的局面。」

右腦掙不出話來，只好委曲地妥協。

梧桐悄悄打開書房門，丈夫正拼命地對著電腦處理文件工作，有說不盡的悲哀。

「用你的智慧趕走他。」

左腦推心置腹地道，「細水長流固然淡而無味，但唯有這樣才可走到生命的盡頭。」

眼前的海宇觸目可及，然而感覺有數萬光年之遙，梧桐的心隱隱作痛。

「最近海宇經常陪伴妻子看電視、電影，嘴邊也多了稱讚和感謝等客套話。」右腦心灰意冷，「或許命中註定，主人只可擁有這樣的婚姻。」

當晚梧桐關了燈，主動在床上用雙手捧著海宇的臉頰，情意綿綿地親吻他。

海宇挪開她的手，「你在想別的男人嗎？」

沉吟一會，不知左腦還是右腦操縱：「我希望大家能和好如初。」

「我多疑了。」

「陳岩不受我那套，還傳來陳奕迅的情歌，真拿他沒辦法。」左腦不耐煩地說。

「告訴他不管愛多深，主人決不離棄丈夫。」右腦傷感地說。

梧桐把平日滴水不沾的咖啡，一口氣吞嚥下去，企圖令精神抖擻起來。左腦不願拖累工作伙伴，努力完成手上的工作，只是它真的太累。

「女同事心事重重，你快去安撫她，這事我處理不了。另外，晚上為什麼輾轉反側不休息，主人的經期已很紊亂，病骨支離！」

「我們落力挽救婚姻，為了不傷害他人，唯有委屈梧桐。然而，人永遠無法瞞騙自己。眼前的困局不願討論下去，什麼都無所謂，反正絕望已滲入骨髓，我很憂傷。」

「怎一點也不理性！」

傳說摩天輪多高，幸福就有多少；轉一圈後，世上會多一對戀人。

睡房像胖子減去多餘的脂肪，體積一下子縮小，梧桐被壓得透不過氣來。她以咳嗽聲打擾丈夫睡覺為由，多晚深深沉進大廳的沙發中。只是睡意是遊子，遲遲不肯拜訪，如何轉換睡姿都不奏效。她塞著耳筒，把《幸福摩

天輪》重複播放，直至迷迷糊糊入睡為止。

在夢中，梧桐飛蛾般輕盈，朝著摩天輪的燈光奔馳。久候多時的陳岩見其身影，即疾步趕去迎接，緊緊地摟住她，並溫柔地說，「什麼也交給我，有我在。」

一切猶如前天放工後的畫面，陳岩在冷清寥落的辦公室內，鼓起勇氣捉住梧桐的手臂說的同一番話。只是，這趟她沒有退縮，二人手牽手登上摩天輪。車廂內，他還害羞地哼起那首歌，「東歪西倒 忽高忽低 心驚與膽戰去建立這親厚關係 沿途就算意外脫軌多得你陪我搖曳……」

睡夢中的梧桐在笑，沙發上的她也在笑，唯獨甦醒過來的她笑不出。一頭忠心耿耿的狗繼續守著這個所謂的家不放，繼續維繫著這段食之無味，棄之可惜的婚姻。

歲月如流水，自此梧桐和陳岩每天在辦公室裡玩捉迷藏，左閃右避。滑稽的是，刻意迴避反而造就更多碰面的機會。她每天用工作麻醉自己，強顏歡笑，企圖說服天下人，包括自己：工作愉快、婚姻美滿。

一年後，工作桌上多了張囍帖：陳岩正式宣佈和情人共諧連理。它確是一枚紅色炸彈，把梧桐的心炸個粉碎。左、右腦百思不得其解：主人和新娘子在他生命裡出現的先後次序和意義究竟是怎樣的？

左腦不停表揚自己如何當機立斷，成功避過了場大災難，右腦對此未置一詞。梧桐心煩意亂，以身體不適作藉口趕回家——她的避風塘。悻悻然離開公司前，不假思索地把整個鐵盒，掉進垃圾箱，正如生無可戀的自殺者，從高樓一躍而下。發出的巨響，何其悲壯！

按時就寢，梧桐像墮進汪洋大海的逃生者。丈夫是海面上漂浮的唯一救生水泡，手臂化身為攀藤植物，將其腰部死纏難打，只是海宇無心裝載，早已呼呼大睡。

梧桐無心戀戰，加上有頭暈和嘔吐的跡象，繼續留家休養。早上她去了求診，回家打掃期間，豈料看見海宇書房的抽屜插住一條鑰匙。抽屜是張嘴巴，泄漏他多年來的驚世秘密。

梧桐臉色一沉，睜大如鈴的眼睛，心不停卜通卜通地直跳；頃刻全身發麻，雙膝無法支撐身體的重量，她下了跪。從漁女雕像，梅溪牌坊，會同村等大量相片，不難猜想女主角是珠海人，年輕貌美且嬌小玲瓏。除了珠海，拍攝的地點有如旅行社門口的海報，包羅萬象，日本、台灣、韓國等熱門勝地不在話下，昂貴的如馬爾代夫、巴黎也不缺。除此之外，夫婦計劃下年才觀賞的北極光，他亦跟那女人先睹為快了！不單止奸夫淫婦，照片中還有個可愛的小男孩，長相和丈夫餅印似的。她猛然搖頭大叫，利用書桌上的開信刀，發瘋地把三人的面刮花，並把抽屜內所有的照片和書信撕個粉碎……

嫉妒點起熊熊烈火，燃燒過後，剩下灰燼。梧桐的嗓子已經沙啞，左手血流如注，心更是流血不止。她像潘朵拉不敵好奇心的誘惑，把「盒子」打開，自此平靜的世界開始動盪不安。然而，她並沒趕緊蓋住它，因此就連「希望」也飛了出去，剩下絕望將她重重包圍！

左右腦展開激烈的罵戰，頭痛得快爆裂。梧桐的情感被瓦解得支離破碎，她不禁涕泗滂沱，雙手掩臉，蜷縮在書房內。過了一段時間，她扶著兩堵蒼白的牆勉強地站起來，以半虛脫狀態披上乾濕褸，換了運動鞋，預備出門。母親傳來短訊，慰問她的病況，又告訴她今天是兩老的絨毛婚紀念日，……但她看不下去。

抵達中環海濱長廊已經是傍晚時份，天空飄著濃密的細雨，梧桐的長髮給海風吹得亂蓬蓬，像患有躁狂症傑克森・波拉克畫作裡的線條。四面八方湧來似浪的笑聲，摩天輪這玩意不一定讓人快樂，然而快樂的人早已聚集於此。梧桐心緒相當紛紜，無聲無息地登上遙不可及的摩天輪，企圖從高空廣闊的視野，重新審視既熟悉又陌生的香港，還有金玉其外敗絮其中的婚姻。臉頰感到一陣冷涔，原來淚又一次從眼角滲出。隨著摩天輪緩緩上升，窗外的風景一一流蕩過去，她默默想起過去十二年的光陰。

剛拍拖時，海宇送她精美的衣架，意思是「掛住你」。數月後，梧桐坐在私家車內悠閒地聽著音樂，海宇則在寒風中從便利店跑過來，為她送上一枝暖烘烘的維他奶。衣架至今仍在衣櫃裡，而那玻璃樽亦在飾物櫃裡屹立不倒。

兩年後，梧桐在彩虹獨自租了個單位居住。門鐘響起，不是陌生人代客送花就是超市職員送上生活用品。一束束香氣撲鼻的玫瑰，一箱箱沉甸甸的貨物都是海宇的鬼主意，她甜絲絲地笑著，收據上印著她幸福的名字。

還有，數不清歷歷在目的畫面被膠水牢牢地黏在記憶裡。

海宇誠心誠意跪在中文大學的圓形廣場，把求婚戒指套到梧桐的無名指上，還斷言要生兩個小寶寶，湊成個「好」字。中大生的她曾經表示希望以新亞書院的宿舍名稱命名，兒子叫知行，女兒叫學思。只是工作繁忙，身體虛弱，才一直無法成功懷孕。

「在上帝以及今天來到這裡的眾位見證人面前，我林海宇願意以你張梧桐作為我的妻子。從今時直到永遠，無論是順境或是逆境、富裕或貧窮、健康或疾病、快樂或憂愁，我將永遠愛著您、珍惜您，對您忠實，直到永永遠遠。」教堂裡，海宇唸著千篇一律的誓詞，但仍然弄濕了梧桐和她父母的眼睛。

婚後，梧桐的公司來了野蠻又自大的女同事，對方常無故挑起爭端，令她身心俱疲。妻子曾不忿地告訴海宇此人的婚訊，他安慰說：「你嫁得比她好，丈夫有錢又疼你。受氣的話，乾脆辭去工作，做個幸福少奶奶！」

工作緣故，海宇經常到世界各地出差公幹，梧桐難免疑神疑鬼。海宇看在眼裡，便告訴她「我寧願到印度公幹，也不想到上海等地叫你擔心。」梧桐知道出發前，他每每要注射疫苗，如傷寒和霍亂等；返港後，又會水土不服，很是心痛。從此，梧桐不再過問，讓他專心在職場上馳騁。

幸福是烈日下的冰塊，哭的理由外人不得而知。同一車廂內的情侶強裝若無其事，但目光偷偷落在梧桐身上。他們不敢開腔，害怕一言半語都會刺傷她脆弱的神經。

不知不覺間，車廂已升至最接近天空的位置，之後徐徐滑下，一如她的愛情。

夫婦歲數相差十載，海宇常以工作壓力大，步入不惑之年，性慾難免

有所感退為由，逐漸減少了行房的次數。妻子向來性慾不強，故此並沒有放在心上。海宇又稱應酬絡繹不絕，多少個佳節，不是遲遲歸家，就是外地工幹……

據悉人吃了神秘果，接著吃其他酸性水果，都不覺酸，而是甜。想是海宇給梧桐吃了神秘果，一顆又一顆，才讓她能承受種種的冷落與委屈。

透過灰淡的窗外，五光十色的霓虹燈海洋下，人聲、車聲沸騰不止，對此梧桐全然無動於衷。無論香港多繁榮，在她而言此時也是荒涼，儘管人口快衝破八百萬，對她來說此刻也是冷清。這個發達的大都會有賴聰明而自私自利的人推進，教育卻無法拯救她——善良又愚蠢的人。梧桐揚臉望天：什麼真相也來不及提早拆穿，什麼劫數都躲避不過，這就是人生。她用左手輕撫著微微隆起的肚子，人生確是充滿意外，教人防不勝防。

十多分鐘的摩天輪，還有十多年的夫妻感情，瞬間劃上句號。淚流滿面的梧桐不得不步出車廂，赫然覺得天旋地轉，視線開始迷糊起來。她的身影柔弱得如稻草快倒下，千鈞一髮之際，一對老夫婦早在紛亂的人群裡步履蹣跚地向她走來。佈滿皺紋的雙手剛好足夠支撐她的重量，讓她安全降落到地上。

見到熟悉的臉孔，梧桐立即放聲大哭。

「桐桐。」母親一時撥開她臉上的亂髮，一時拭去她比葡萄還要大顆的淚珠。

父親別個頭，悄悄從褲袋取出手帕擦去淚水，以憐憫的目光看著女兒。

梧桐苦笑，用手摸著肚子，低頭呆呆地看著它，不動如山。

母親把她的手捧在掌心裡，忍不住啜泣。

弓著腰的父親看到圍觀的人愈來愈多，「我們回家去。」

梧桐點頭連連。

父母扶著女兒雙臂，地上三個長長的影子互相靠倚。不！連肚子裡的龍鳳胎在內，剛好是個熱鬧的五人大家庭。身後童話般的摩天輪與女主人漸行漸遠，她望向前方，驀然想起莎士比亞戲劇《暴風雨》中的一句話：「凡是過去，皆為序曲」……

愛的腫瘤

醫生說不出
基因突變的因由
正如
沉默不語的你
圓不了情變的謊

直言吧!
反正生命浩劫連連
終須一死

勇敢吧!
何況華陀已發明麻沸散
早在一千七百多年前

讓我狠狠地把你切除
遠離我的身體
還有
人生

枯枝

必須遭受大樹的離棄

炙毒的太陽更是不可或缺

唯有這樣

支離破碎

燧人氏才能鑽進我的身體

產生丁點花火

一道閃電掠過夜空

我追逐那耀眼的光芒

還有

那震耳欲聾的聲浪

電流峰值達幾萬安培

沒有避雷針

就這樣

膽戰心驚地迎接這

突如其來的襲擊

熊熊大火

勢不可擋

二十秒間就注定

把我燒成灰

夏季尚未閉幕

瞬間已無疾而終

食不下嚥

妻子溫柔地放下晚餐，
在我新簌簌的方臉上，
有兩餸一老火湯。

妻子毫無感情地放下晚餐，
在我磨損的方臉上，
有一餸一罐頭湯。

妻子粗暴地放下晚餐，
在我千瘡百孔的方臉上，
只有一杯麵。

自此她一去不返，
我這摺檯也得「面」壁思過。

丈夫坐在床上，
啃著一盒又一盒的外賣，
除了咀嚼聲，
還夾雜著哽咽聲……

143

海洋裡的「一霸」

有人愚昧地將八爪魚歸納為魚類，
我忍不住問：「雞尾包」有雞嗎？

又有不少人直呼我「烏賊」，
對於「賊喊捉賊」荒謬的塵世，
我改寬恕了他們。

聖經把四肢退化的蛇兒放到伊甸園裡，
飾演醜角一名，
卻有人取笑過我貪婪，獨享八爪！
君不見千手觀音，
為的是「利益安樂一切眾生者」嗎？

英文名嗎？
與時並進，叫我Octopus可以了。
常聽到「嘟」一聲，可想而知我多炙手可熱。

與「軟皮蛇」不同，
你豈敢說這軟體動物浪得虛名？
我可是海洋裡的「一霸」！

給你一條數學題：
每條觸腕上大約有300個吸盤，
每個吸盤的拉力為100克，
求我死纏難打的威力？

最厲害的武器是濃黑的墨汁？
你猜我是為印表機供墨興家嗎？
對於烏煙瘴氣的人間，我自愧不如，

充其量只可連續六次往外噴射，
趁機逃之夭夭。
失禮地告訴你一個秘密——
墨汁動不了人類一根毛，
反之餐牌上的「墨汁意大利粉」，
卻是我們一生洗不掉的刺青……

我對《三國志》略有所聞，
唯辦不到「喜怒不形於色」。
情緒起伏時，
誠實的皮膚會自動變色。
說穿了，是不中用的感情動物，
意氣用事。

知己知彼，
漁民洞悉我愛鑽入貝殼的壞習慣，
故常給它們鑽洞，
再用繩串在一起沉到海底，
不費吹灰之力，我就自投羅網了。

生時僅有一次繁殖機會，
交配和產卵後，
夫妻均會喪失食慾。
我倆只管寸步不離地守護著心肝寶貝，
並在約莫一周後，過度勞累而雙雙死去。
為何如此愚笨？

家和骨肉就是我的命，
你不是嗎？

回味無窮

也有相同的感受。

內容，希望讀者對此插畫文集

「**神**夜總會招徠客人的花牌

秘激情，回味無窮」是

書名：愛個痛快

作者：病梅

紅出版（青森文化）

地址：香港灣仔道一三三號卓凌中心十一樓

出版計劃查詢電話：(852) 2540 7517

電郵：editor@red-publish.com

網址：http://www.red-publish.com

香港總經銷：香港聯合書刊物流有限公司

　　　　　　香港新界大埔汀麗路36號中華商務印刷大廈三字樓

台灣總經銷：貿騰發賣股份有限公司

　　　　　　新北市中和區中正路880號14樓

　　　　　　(886) 2-8227-5988

　　　　　　http://www.namode.com

出版日期：二零二一年十一月

圖書分類：文學／愛情

國際標準書號：978-988-8743-51-3

定價：港幣一百二十元正／新台幣四百八十圓正

香 港 藝 術 發 展 局
Hong Kong Arts Development Council 資助

香港藝術發展局全力支持藝術表達自由，本計劃內容並不反映本局意見。